Des

El amor del multimillonario

ELIZABETH BEVARLY

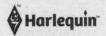
Harlequin

Editado por HARLEQUIN IBÉRICA, S.A.
Núñez de Balboa, 56
28001 Madrid

© 2011 Elizabeth Bevarly. Todos los derechos reservados.
EL AMOR DEL MULTIMILLONARIO, N.º 1795 - 6.7.11
Título original: The Billionaire Gets His Way
Publicada originalmente por Silhouette® Books.

I.S.B.N.: 978-84-9000-427-2
Depósito legal: B-20175-2011
Editor responsable: Luis Pugni
Preimpresión y fotomecánica: M.T. Color & Diseño, S.L.
C/ Colquide, 6 portal 2 - 3º H. 28230 Las Rozas (Madrid)
Impresión en Black print CPI (Barcelona)
Fecha impresion para Argentina: 2.1.12
Distribuidor exclusivo para España: LOGISTA
Distribuidor para México: CODIPLYRSA
Distribuidores para Argentina: interior, BERTRAN, S.A.C. Vélez
Sársfield, 1950. Cap. Fed./ Buenos Aires y Gran Buenos Aires,
VACCARO SÁNCHEZ y Cía, S.A.
Distribuidor para Chile: DISTRIBUIDORA ALFA, S.A.

Capítulo Uno

Lo único que Violet Tandy quería en la vida era un sitio que pudiese llamar su hogar. Una casa propia, no un hogar de acogida como aquéllos en los que había crecido. La clase de hogar que veía en las películas, con contraventanas blancas y árboles en el jardín. Y una verja alrededor. Debía tener una verja. Y un porche con un balancín donde pudiera leer los libros que había amado desde pequeña, *Jane Eyre*, *Lassie vuelve a casa* y los libros de Louisa May Alcott. Pero serían *sus* libros y no tendría que devolverlos a la biblioteca cada semana.

En el jardín de la casa habría rosales y lilas fragantes, buganvillas y glicinia trepando por los muros. Haría jerséis de punto y pasteles caseros para pagar la hipoteca. Viviría y dejaría vivir y se conformaría con su solitaria existencia. Y jamás le haría daño a otra persona. Sí, una vida tranquila en una casita cómoda para ella sola era lo único que Violet esperaba de la vida.

Y por eso había escrito unas memorias sobre su vida como «acompañante» de lujo.

Aunque Violet jamás había sido acompañante, ni de lujo ni de otro tipo. Y sus memorias no eran tales memorias sino una novela escrita para que pareciesen memorias, una moda que cada día era más popular entre los lectores, incluida ella. A Gracie Ledbetter, su editora en la empresa de publicaciones Rockcastle, le había gustado tanto la historia que cuando la llamó para hacerle una oferta tuvo que admitir que, de no conocerla bien, habría creído que de verdad era una acompañante de lujo y que su historia no era más que un relato novelado, encubierto, de sus experiencias reales.

De hecho, Gracie seguía haciendo eso, hablar de su novela de manera encubierta, como si no estuviera convencida de que el libro era una ficción. Incluso ahora, un año después de firmar el contrato y unas semanas después de que el libro se hubiera publicado, seguía diciendo cosas como: «¿La suite Princesa en el hotel Ambassador de Chicago de verdad te hace sentir como una princesa cuando te tumbas en la cama?».

¿Y cómo iba a saberlo Violet? La razón por la que había visto la suite Princesa del hotel Ambassador era que había trabajado allí como gobernanta, haciendo las camas. Pero cada vez que se lo recordaba a Gracie, su editora decía: «Ah, claaaro, por supuesto. Trabajaste allí como *gobernanta*», con un tono que a Violet no le gustaba demasiado.

Una vez le había preguntado si el *croque monsieur* con salsa de trufa en Chez Alain de verdad podía dejarte llena durante tres días como decía la crítica gastronómica.

¿Y cómo iba a saberlo Violet? La única razón por la que había probado el *croque monsieur* con salsa de trufa en Chez Alain era que había trabajado allí como camarera y todos los empleados probaban los platos cuando el chef cambiaba la carta. Pero cada vez que le recordaba eso a Gracie, su editora replicaba: «Ah, claaaaro, por supuesto. Trabajaste allí de camarera», de una forma que no convencía nada a Violet.

Daba igual. Gracie decía esas cosas porque se dejaba llevar por la prosa de ficción. Con un poco de suerte, el público reaccionaría de la misma forma y el libro se convertiría en un best seller en la famosa lista del *New York Times*. Y, de ese modo, ella ganaría suficiente dinero como para comprarse la casa a las afueras de Chicago con la que había soñado siempre.

El adelanto que le habían dado por el libro era más bien modesto, pero gracias a la buena reacción del equipo tras la primera revisión del manuscrito, habían cambiado la fecha de publicación, le habían cambiado el título por *Tacones de aguja, champán y sexo* y habían convencido a Violet para que adoptase un *nom de plume* que sonaba mucho más sexy que el suyo: Raven French.

Aunque al principio había dudado, por fin aceptó y debía reconocer que estaba funcionando. Durante la primera semana, *Tacones de aguja* había debutado en el número veintinueve de la lista. Después de la segunda edición había subido cuatro puestos y estaba a punto de entrar entre los quince primeros. Y después de una tercera edición, sin duda subiría aún más.

Y por eso Violet Tandy, Raven French, estaba sentada frente a una mesa cubierta de ejemplares de *Tacones de aguja* en una librería de la avenida Michigan una soleada tarde de octubre. Y por eso estaba mirando los ojos azules más extraordinarios del hombre más guapo que había visto en su vida.

Estaba sentado en la última fila y no había apartado esos ojos de ella ni una sola vez desde que se sentó. Y ese escrutinio, aunque bienvenido porque en caso de que no lo hubiera mencionado, el hombre era guapísimo, estaba empezando a hacerla sentir incómoda.

Era tan… intenso, tan abrumador. Tan apuesto y tan grande. Incluso sentado le sacaba dos cabezas a todo el mundo y sus hombros eclipsaban a la persona que se sentaba detrás. Su pelo parecía más negro que el suyo propio, muy bien cortado. Y esos ojos tan pálidos, de un azul casi transparente y rodeados por largas pestañas negras...

Aunque era sábado, llevaba un elegante traje de chaqueta oscuro, algo que lo hacía destacar entre los demás, todos vestidos de manera informal.

Incluso Violet, Raven, llevaba un vestido informal, elegido por su publicista en la editorial Rockcastle. Marie le había aconsejado, como de costumbre, y aquel día llevaba un pantalón negro, un top de manga cóctel con escote de pico y, por supuesto, zapatos de tacón de aguja. Todo de diseño porque Violet Tandy… o sea Raven French, tenía que parecer una autora de éxito.

Violet no podía permitirse el lujo de comprar la ropa cara que Raven necesitaba con el modesto adelanto de su libro. Afortunadamente, Marie la había llevado a una boutique en la avenida Michigan especializada en alquilar trajes de diseño y joyas para mujeres que querían mezclarse con la alta sociedad.

Para aquel día, Violet… o más bien Raven, había optado por un traje de Prada y zapatos de Stuart Weitzman. Para completar el atuendo, Marie había elegido un colgante y unos pendientes de la firma Ritani con diamantes y amatistas de color violeta que hacían juego con sus ojos.

Aunque su verdadero nombre no era Violet sino, lamentablemente, Candy. Candy Tandy. Una de las indignidades a las que le había sometido su madre antes de abandonarla en una tienda a los tres años, con una notita prendida en la camiseta en la que la describía como una niña problemática a la que nadie podría querer nunca.

Pero eso, junto con todo lo demás que había vivido en sus veintinueve años, era el pasado y ella sólo quería pensar en el futuro. Un futuro en su casa llena de rosales donde adoptaría todo tipo de animales abandonados: gatos, perros, ovejas, vacas, le daba igual. Incluso algún día podría convertirse en madre adoptiva. Pero sólo si le garantizaban que los niños se quedarían con ella para siempre y no irían de una casa a otra, como le había ocurrido a ella de niña. Sus hijos serían capaces de hacer amigos de los que no tendrían que despedirse, podrían mantener relaciones profundas y no superficiales, como le había pasado a ella.

Por alguna razón, Violet volvió a fijarse en el hombre de la última fila y que seguía mirándola intensamente. No era la clase de persona que había imaginado leería su libro. De hecho, parecía más bien la clase de hombre que habría aparecido en su novela como un personaje, tal vez uno de los muchos amantes de su protagonista. Cada uno era una amalgama de los hombres que Violet había conocido mientras trabajaba en hoteles y restaurantes de lujo. Hombres ricos, poderosos. Hombres a quienes les importaba más su imagen y su reputación en los negocios y en la sociedad que cualquier otra cosa o cualquier persona.

Violet consiguió apartar la mirada del apuesto extraño para fijarse en las demás personas que habían ido a escuchar la charla sobre su libro antes de llevarse un ejemplar firmado. La mayoría eran mujeres. Las mujeres siempre se habían sentido fascinadas por el sexo en venta y por las protagonistas femeninas que usaban su sexualidad, el arma más poderosa que poseían, para conseguir lo que querían en la vida. Mujeres que disfrutaban de encuentros con hombres que pagaban exorbitantes cantidades de dinero para hacerles cosas… o pedir que les hicieran cosas que muchas personas no harían nunca con sus parejas.

Francamente, ella no era precisamente una mujer de mundo. Había tenido novios desde la adolescencia, pero nunca había entendido del todo la fascinación que mucha gente sentía por el sexo. Los hombres de su vida no habían sido demasiado especiales y tampoco la habían hecho sentir especial. Seguramente por eso no había habido tantos. Para ella, el sexo era una necesidad física como comer, dormir o bañarse. Pero no se necesitaba tan a menudo.

Una mujer que trabajaba para la editorial anunció que era hora de empezar y Violet se concentró en el asunto que tenía entre manos: mirar al guapísimo hombre de la última fila.

¡No!, se corrigió a sí misma. Para mirar a las personas que habían ido a oírla hablar de su novela. Haciendo un rápido cálculo mental, Violet multiplicó el número de asientos por el número de filas y añadió otras quince personas que estaban de pie. El total era cincuenta y dos y todos habían ido a comprar su novela. Genial.

Casi podía oler las rosas.

Habló durante veinte minutos sobre las mujeres que controlaban su propia sexualidad y sobre el supuesto atractivo de mantener relaciones sexuales sin emociones. Y siguió con el enigma de cómo algo físico podía ir unido a algo tan emocional como el amor.

Evitó hablar de sus propias experiencias ya que ella era una persona reservada y no creía que nadie estuviera interesado en su pasado de niña pobre y abandonada. En lugar de eso, se concentró en las motivaciones y objetivos de Roxanne, su protagonista. Habló sobre cómo cada uno de los clientes de Roxanne simbolizaba un aspecto de la condición humana y cómo su heroína intentaba estar por encima de su trabajo, sin dejar que la afectase.

Qué bien se le daba aquello.

De hecho, Violet… o sea, Raven, había organizado el libro de modo que cada capítulo después del primero, en el que Roxanne era contratada por una *madame* llamada Isabella, llevaba como título el nombre de cada uno de sus clientes. Por ejemplo, estaba el introvertido Michael, que representaba la necesidad de Roxanne de liberarse de sus inhibiciones. O William, un hombre sin ataduras que le mostró un mundo nuevo. O el estudioso Nathaniel, que aumentó su sed de conocimiento, mientras el alegre Jack la ayudaba a reconocer su capacidad de ser feliz. Y todos ellos eran amantes de calibre olímpico que le daban orgasmos fabulosos.

El libro culminaba en el último capítulo: *Ethan*. Ethan era la noción idealizada del hombre perfecto, el que llenaba a Roxanne como no podían hacerlo los demás y que la llevaba a alturas sexuales y emocionales que… en fin, que no existían en el mundo real. Aquél era un trabajo de ficción al fin y al cabo. Ethan era muy masculino en todos los sentidos, pero adoraba a las mujeres y respetaba sus deseos y su independencia...

Sí, como que eso ocurría en la vida real.

Cuando terminó su charla, Violet, Raven, abrió un turno de preguntas y una docena de manos se levantaron. El hombre de la última fila seguía mirándola fijamente. De hecho, su intensidad se había vuelto hostil. Violet no sabía qué podía haberlo enfadado tanto, de modo que miró a una mujer de pelo blanco y aspecto de abuelita de cuento que había levantado la mano.

–Dígame.

La mujer sonrió mientras se levantaba de la silla.

–¿Es cierto que fue usted quien inventó la postura sexual llamada «póster desplegable»?

Oh, no. Violet tuvo que hacer un esfuerzo para

contener una carcajada. Evidentemente, la había confundido con la protagonista de la novela.

–No, no, no he sido yo sino la protagonista de mi libro, Roxanne.

La mujer levantó las cejas en señal de confusión.

–Pero yo pensé que usted era Roxanne.

–No, señora. Yo soy… Raven.

–¿Pero no ha escrito usted el libro?

–Sí, pero…

–Y el libro son las memorias de una prostituta de lujo.

–Sí, pero…

–Entonces es usted quien ha inventado esa postura.

–No, yo…

–Lo que me gustaría saber –una mujer de pelo oscuro la interrumpió– es cómo funciona eso de la crema de menta. ¿La bebía usted antes de mantener sexo oral con sus clientes o era para uso externo?

Violet se quedó horrorizada por la pregunta. Había leído lo de la crema de menta en una revista, pero no lo había probado nunca.

–En realidad, yo no…

Pero antes de que pudiera, otra mujer, ésta una rubia en edad universitaria con gafitas negras, se levantó.

–Mi novio y yo vamos a pasar el verano en Italia. ¿Podría contarnos algo más sobre el club sexual al que la llevó Francesco cuando estuvieron en Milán?

Violet abrió la boca para contestar, pero de su garganta no salió ni una sola palabra. Evidentemente, todo el mundo pensaba que ella era Roxanne. No se daban cuenta de que el libro era un trabajo de ficción. Aunque parecían unas memorias, en la contraportada decía claramente que era una novela. Y las críticas habían salido en la sección de ficción de todos los periódicos... por no decir que las aventuras de Roxanne eran tan exageradas que nadie podría creer que le habían ocurrido a una persona de verdad.

¿O sí?

La consulta sobre el club en Milán pareció desatar una tormenta de preguntas. ¿De verdad había mantenido relaciones sexuales con Sebastian en la montaña rusa? ¿Por qué no quiso hacer la película porno que Kevin quería que hiciera? ¿Dónde había comprado esas braguitas sin entrepierna que tanto le gustaban a Terrence?

Las preguntas seguían y seguían hasta que aquello se convirtió en un caos. Afortunadamente, la dueña de la librería intervino, indicando que el momento de preguntas y respuestas había terminado y la señorita French iba a firmar para todos aquellos que quisieran llevarse un ejemplar de *Tacones de aguja, champán y sexo* autografiado.

No todos los que habían acudido a la charla se pusieron en la fila, pero muchos sí lo hicieron. Y aunque todos querían seguir haciéndole preguntas, la dueña de la librería se encargaba de empujarlos amablemente. Cuando por fin firmó el último ejemplar, y para entonces el aroma de las rosas se mezclaba con el de las lilas, Violet estaba agotada.

Desgraciadamente, mientras guardaba el bolígrafo en el bolso, imaginándose a sí misma en su apartamento con un pantalón de chándal y una camiseta viendo *Casablanca*, alguien dejó violentamente un ejemplar del libro sobre la mesa. Sorprendida, Violet levantó la mirada y se encontró con los increíbles y transparentes ojos azules del extraño. Unos ojos que ya no parecían airados sino absolutamente furiosos.

–Perdone… no le había visto.

Sin decir nada, él se limitó a empujar el libro hacia ella. Violet, nerviosa aunque no sabía por qué, sacó el bolígrafo del bolso, fijándose en la mano que tapaba la portada, con unos zapatos de charol negro, una copa de efervescente champán y unas braguitas rojas. Era una mano grande y masculina cuyo pulgar parecía acariciar las braguitas de la portada… y en el dedo anular llevaba un anillo de oro y ónice, que podría o no ser una alianza de casado.

Como la mano no se movía del libro y ella no podía firmarlo, Violet levantó la mirada. Y cuando él la miró con evidente hostilidad, su confusión aumentó.

Violet intentó recordar si lo conocía y si le había hecho algo que justificase esa expresión. ¿Habría borrado su reserva en Chez Alain? ¿Habría cosido mal el bajo de sus pantalones cuando era costurera en Essex Tailors o enviado a su casa los gemelos equivocados cuando era dependienta en una joyería? No, seguro que no. No sólo no había cometido esos errores en sus anteriores trabajos sino que, con toda seguridad, recordaría esos ojos.

Como era evidente que no quería que le firmase el ejemplar, le preguntó tan amablemente como pudo:

—¿Esto… quería hacer algún comentario sobre mi libro?

La expresión del extraño se suavizó de manera infinitesimal. La miraba casi como si fuera él quien estaba intentando recordar si se conocían y si le había hecho algo sin darse cuenta. Lo cual era absurdo porque un hombre como él seguramente nunca hacía nada sin darse cuenta.

Por fin, apartó la mano de la portada y abrió el libro en una página que había marcado con un trozo de tela que parecía arrancado violentamente de una prenda. Luego empujó el libro hacia Violet y señaló la página con el dedo.

—El capítulo veintiocho.

Sólo eso, ninguna pregunta, ninguna observación, sólo el número de un capítulo llamado *Ethan*, uno de los personajes masculinos. Era el personaje más citado en todas las críticas, del que hablaban en los programas de televisión, la culminación de todos los demás personajes; masculino, fuerte, seguro de sí mismo y, por supuesto, rico. Un hombre despiadado y arrogante. Aunque su relación con Roxanne había sido crudamente sexual, había una ternura en Ethan que casi, *casi*, había hecho que la protagonista se enamorase locamente de él.

Y eso demostraba que era imposible que Violet se hubiera basado en experiencias propias. Ella no pensaba enamorarse nunca ya que era incapaz de sentir esa emoción.

Antes de llegar a la adolescencia había aprendido a no entregarse a nadie porque, inevitablemente, tarde o temprano tendría que separarse de esa persona. O la llevarían a otra casa de acogida o se llevarían a sus amigas… a veces también había perdido a sus padres de acogida debido a una enfermedad, problemas económicos o un simple capricho.

Y por eso no pensaba arriesgarse a amar a nadie.

—¿Quería hacerme alguna pregunta sobre el capítulo veintiocho? —le preguntó—. ¿Sobre Ethan?

—No es una pregunta, es una exigencia.

—No le entiendo…

—Exijo que se retracte —dijo él, sin dejarla terminar.

Violet lo miró, desconcertada.

—¿Que me retracte? ¿De qué voy a retractarme? Estamos hablando de una novela, un trabajo de ficción…

—Malicioso, difamatorio e incierto —la interrumpió él—. Especialmente el capítulo veintiocho.

Pues claro que era incierto, era una novela. ¿Por qué la gente pensaba que eran unas memorias? ¿Es que nadie leía las contraportadas? Siendo un trabajo de ficción no podía ser difamatorio ni malicioso, de modo que su demanda era totalmente ridícula.

—Siento mucho que no le haya gustado el libro, señor…

—Que me haya gustado o no es irrelevante. Pero el capítulo veintiocho es un libelo y exijo que se retracte. Que haya cambiado el nombre de la persona...

—Yo no he cambiado el nombre de nadie —lo interrumpió Violet, que empezaba a impacientarse—. Ethan es un personaje inventado y el libro es...

—No puede disfrazar la identidad de alguien sólo por cambiar su nombre, señorita French —siguió el hombre—. Ha descrito el aspecto de Ethan, su profesión, su despacho, su casa, sus aficiones e intereses, su... técnica en la cama, todo. En detalle, además —después de decir eso apartó el trozo de tela que marcaba la página—. Incluso da el nombre de la empresa que hace su ropa interior.

Violet sacudió la cabeza, estupefacta, pensando que era un enajenado. Se volvió hacia la propietaria de la librería esperando que solucionase aquello, pero la joven estaba mirando al extraño con la boca abierta, más abrumada que la propia Violet.

Tal vez si le seguía la corriente, pensó, la dejaría en paz.

—Muchos hombres llevan ropa interior de seda, señor...

—Pero no importada de una exclusiva tienda en Francia que hace diseños exclusivos.

¿Ah, sí? Bueno, pues ella lo había leído en la revista *Esquire*, de modo que no eran tan exclusivos como él creía. Eran unos diseños carísimos, por eso había hecho que los llevase Ethan.

Violet suspiró, resignada.

—No sé qué intenta decirme. Ethan es un personaje en una novela, una historia inventada. Roxanne no es real y tampoco Ethan. Si he descrito a alguien que se parece a una persona real ha sido pura coincidencia. Hay muchos hombres por ahí que se portan y viven como los personajes del libro.

–Su editorial y usted están vendiendo el libro como una obra de ficción, pero yo no tengo la menor duda de que está basado en su propia experiencia como… acompañante de lujo.

–¿Qué? –exclamó Violet–. ¿Cómo se atreve? Eso no es verdad…

–Y tampoco tengo la menor duda sobre Ethan. Ha descrito al personaje de manera tan explícita y clara que todo el mundo en Chicago sabe de quién se trata.

Violet empezó a verlo todo rojo.

–Mire…

–Y si no se retracta, le aseguro que *Ethan* va a ponerle una demanda por todo el dinero que haya ganado con el libro.

–¡Es una obra de ficción! Nadie puede demandarme por inventar una historia, señor mío.

–Y no sólo eso, *Ethan* se encargará de que no vuelva usted a ganar un céntimo porque la demandaré por tal cantidad que hasta sus nietos tendrán que seguir pagando.

Muy bien, se había terminado. Cuando la gente amenazaba a su inexistente familia, Violet se enfadaba de verdad. De modo que se levantó con ímpetu y estiró su metro setenta y siete todo lo que pudo… y subida sobre los tacones era bastante, incluso para un hombre tan alto. Indignada, se inclinó hacia delante, mirándolo con gesto amenazador.

–¿Y quién es usted, el ficticio abogado de Ethan?

El extraño dejó una tarjeta de visita sobre la mesa, pero Violet no se molestó en mirarla. Le daba igual quién fuera, no estaba dispuesta a retractarse de algo que no era real.

–No soy el abogado de Ethan, soy Ethan. Y jamás he tenido que pagar a una mujer, especialmente a una como usted, señorita French, para acostarme con ella.

Capítulo Dos

Cuando Gavin Mason cerró la puerta de su oficina en la avenida Michigan, su furia no había disminuido en absoluto. Y no ayudó nada que cuando salió de la librería hubiera empezado a llover a cantaros.

Afortunadamente, era sábado y no había nadie por allí que pudiese verlo tan alterado. O que pudiese verlo lanzar el ejemplar de *Tacones de aguja, champán y sexo* contra la pared. El libro movió un cuadro y cayó sobre unos jarrones de cristal muy caros que, por suerte, no se rompieron.

Esperaba que el paseo de la librería a la oficina disipase el enfado que sentía desde la semana anterior, cuando se enteró de los rumores que corrían por los círculos profesionales y sociales de Chicago. Y había esperado también encontrar satisfacción al encontrarse cara a cara con esa mentirosa cuyas «memorias» habían llegado a la lista de libros más vendidos. Controlar las situaciones era lo que Gavin hacía mejor. Él siempre tomaba las riendas y no las soltaba hasta que le parecía conveniente.

Pero ni el paseo ni la confrontación con Raven French habían conseguido disipar su rabia. De hecho, verla en la librería, tan segura de sí misma y tan guapa, maldita fuera, sólo había aumentado su resentimiento. ¿Quién demonios creía que era, ganándose la vida difamando a los demás? ¿Cómo podía beneficiarse destruyendo la vida de otras personas?

¿Destruyendo *su vida*?

Mientras se dejaba caer sobre el sillón tras su escritorio de caoba, Gavin vio que la lucecita de su línea personal estaba encendida. Tenía dos mensajes. Aunque estaba seguro de saber qué iban a decirle, ya que todas las llamadas que había recibido en su línea personal durante la semana trataban de lo mismo, pulsó el botón para escucharlos.

–*Cariño* –escuchó una voz familiar. Pero esa voz, que pertenecía a una mujer llamada Desiree, normalmente ardiente de deseo, ahora sonaba tan fría como para helar magma–. *Lo siento, pero esta noche tengo un problema. Puedo ir a la fiesta de los Bellamy contigo, lo cual significa tomar champán, comer paté y charlar con los famosos de la costa dorada o puedo quedarme cuidando de los horribles mellizos de mi hermana y pasar la noche recibiendo patadas en la espinilla. ¿Adivina qué me apetece más?*

En circunstancias normales, la respuesta sería evidente. Pero, considerando lo que había pasado durante la última semana, Gavin no pensaba arriesgarse a contestar. Y a partir de ese momento el mensaje era clarísimo: Desiree amenazaba con demandarlo porque podría haber comprometido su salud acostándose con prostitutas y terminaba sugiriendo lo que podía hacer con ciertas partes de su cuerpo… aunque sería anatómicamente imposible llevar a cabo el noventa por ciento de esas sugerencias.

El mensaje de Desiree era seguido de otro, esta vez de una mujer llamada Martha, con quien debía ir a una gala benéfica el viernes por la noche. Baste decir que llamaba para cancelar la cita, pero lo que decía después hacía que las barbaridades de Desiree pareciesen cosa de niños.

Gavin se debatió durante unos segundos, preguntándose si debía llamar a Desiree para asegurarle que su salud no corría peligro porque siempre practicaba sexo seguro y jamás se había acostado con una prostituta y a Martha para comentarle que lo que había dicho sobre sus «joyas familiares» no era de recibo. Pero luego decidió que hacer eso sólo empeoraría la situación.

Mientras borraba los mensajes soltó una palabrota, pensando en lo que se había convertido su vida gracias al capítulo veintiocho de las memorias de una prostituta de lujo. Se había convertido en un paria entre las mujeres y en el hazmerreír del mundo profesional y eso no era bueno para el presidente de una empresa de importación-exportación. Y era esto último lo que realmente preocupaba a Gavin. Nunca le había preocupado lo que dijeran en su círculo social a menos que tuviera que ver con su trabajo. En cuanto a las mujeres, él no era exigente y siempre podía reemplazar a las que habían desaparecido.

Al menos había logrado hacerlo antes. Ahora que había circulado el rumor de que usaba los servicios de una prostituta, las mujeres ya no parecían dispuestas a salir con él. ¡Y él no se había acostado nunca con una prostituta! Claro que si ninguna mujer quería salir con él, tal vez iba a tener que usar los servicios de una profesional después de todo.

Ironías, «tu nombre es Raven French».

Aunque podía llamarla muchas más cosas.

Gavin dejó escapar un largo e irritado suspiro mientras aflojaba el nudo windsor de su corbata.

Trabajar, eso era lo que necesitaba. Trabajar y demandar a Raven French.

Recordó entonces la sorpresa que se había llevado al verla. Había esperado una mujer descarada, con demasiado maquillaje y voz ronca de fumadora. Pero no parecía una prostituta en absoluto. De hecho, era muy guapa. Dulce, incluso. Y sus ojos... tenía los ojos más extraordinarios que había visto nunca. No sólo por el color sino por la claridad, la expresión, la...

Maldita fuera, no encontraba otra descripción, la honestidad que había en ellos.

Pero todo era mentira, se dijo a sí mismo. Era lógico que una mujer como ella fuese tan buscada por los hombres. Muchos pagarían un dineral por una mujer que parecía la reina del instituto con las luces encendidas y una chica mala cuando estaban apagadas. Aunque él no era uno de esos hombres. A él le gustaban las mujeres que siempre parecían chicas malas, con la luz apagada o encendida. Chicas de pelo largo, labios carnosos y enormes pechos.

Mujeres que parecían prostitutas, ahora que lo pensaba. Evidentemente, la ironía tenía más de un nombre.

Gavin sacudió la cabeza, intentando dejar de pensar en Raven French. Había lanzado el guante junto con su tarjeta de visita en la librería y si sus intenciones no estaban claras para la señorita French, lo estarían del todo cuando su abogado se pusiera en contacto con la editorial.

No tendría por qué haber ido a la librería esa tarde. De hecho, su abogado le advirtió que no lo hiciera, pero no había podido evitarlo. Quería mirar a Raven French a los ojos, quería ver de cerca a su adversaria, quería hacerlo personal.

Porque era personal. Y eso hacía que la batalla fuera diferente a los conflictos diarios de Gavin y su adversaria diferente a sus némesis habituales. Lo que Raven French le había hecho a él y a su reputación era inadmisible. No sólo por contar que había hecho cosas ilegales que no eran ciertas, sino por revelar cosas sobre él que no le había contado a nadie. Que supiera esas cosas le resultaba incomprensible, pero ahora las sabía todo el mundo.

De nuevo, Gavin sacudió la cabeza. Había ido a la oficina para trabajar, algo que con toda garantía lo haría olvidarse de aquella mujer y de sus extraordinarios ojos de color violeta. Y de su dulce sonrisa. Y de los reflejos casi plateados en su pelo negro bajo las luces de la librería…

El lunes por la tarde, Violet seguía furiosa a pesar de que habían pasado dos días desde el «no soy el abogado de Ethan-soy Ethan». Llevaba dos días intentando pensar en la amenaza como algo absurdo y sin fundamento, que lo era, e intentando pensar en aquel hombre como un tipo ridículo e inofensivo, que no lo era.

Y ése, seguramente, era el problema. Su editora, Gracie, había llamado esa mañana para decirle que el abogado de ese hombre había llamado a la editorial con veladas amenazas. Aún no habían visto nada en papel, pero había dejado claro que estaba estudiando la posibilidad de una demanda en caso de que Rockcastle no hiciera algo inmediatamente para solucionar el libelo y la difamación que, según ellos, contenía el capítulo veintiocho.

Aunque la demanda del hombre que no era Ethan fuese frívola, el hombre no lo era. Y aunque el resultado de la demanda la declarase inocente, tendría que pagar a un abogado y ella no tenía dinero. Aunque el libro se estaba vendiendo bien, no recibiría el dinero de los derechos de autor hasta el año siguiente y hasta entonces tenía que subsistir con el modesto adelanto. Por no decir que ese tipo de demanda podía durar años y eso podría dejarla en la ruina.

Además, «el que usaba ropa interior de seda» podría encontrar un juez que simpatizara con su situación y detuviera la publicación del libro hasta que el juicio terminase. Y, considerando lo caprichoso que era el público, congelar las ventas podría ser muy perjudicial para *Tacones de aguja, champán y sexo*. ¿Qué editorial querría una autora que los metía en una demanda judicial con su primera publicación?

Frente a un edificio de acero y cristal en la avenida Michigan, Violet sacó la tarjeta de visita de su traje de alquiler, un conjunto de color rojo de Ellen Tracy sobre una blusa de color beige que costaba lo que consumiría una familia de cinco personas durante un mes entero. Aquel hombre estaba costándole dinero, un dinero que Violet no tenía intención de gastar tontamente. Pero si hubiera ido con su propia ropa no podría convencerlo de que era la novelista de éxito que intentaba ser. No, si hubiera ido con su propia ropa sólo podría haberlo convencido de que era una primeriza.

Gavin Mason, leyó. GMT, S.A., seguido de la elegante dirección en la avenida Michigan. Evidentemente, Gavin Mason era alguien tan importante en la empresa que ni siquiera tenía que poner su título en la tarjeta.

GMT debía querer decir Gavin Mason... y algo más que empezase por T. ¿Tecnología?, se preguntó. ¿Telecomunicaciones? ¿Teletransporte?

–Traicionero –murmuró, irritada. Pero Gavin Mason no iba a destrozarle la vida, se juró a sí misma. Ella se había enfrentado con cosas más graves y no pensaba dejar que aquel hombre la impidiera hacer realidad sus sueños. Que la demandase e intentase demostrar lo indemostrable, se dijo. La publicidad del juicio podría hacer que aumentasen las ventas.

A menos que él pudiera alargar el juicio indefinidamente...

Y por eso estaba cruzando la calle para ir a su oficina.

Muy bien, muy bien, tal vez Gavin Mason era un problema, pero podía lidiar con él, se dijo mientras tiraba la tarjeta a una papelera.

«A la porra».

Pero sabía que haberle asignado a Gavin Mason

una T mayúscula lo convertía en un problema serio.

Respirando profundamente para darse valor, entró en el vestíbulo del edificio. Podía hacerlo, se dijo. Podía hablar civilizadamente con Gavin Mason. Había tenido dos días para calmarse y estaba segura de que ambos podían ser razonables. Le explicaría cómo había escrito la novela y le haría entender que era un trabajo de ficción. Media hora después, sin la menor duda, los dos estarían riéndose del asunto.

Bueno, tal vez eso era mucho esperar, pensó mientras miraba alrededor. El edificio de GMT era muy serio e impresionante. El acero y cristal del exterior se repetían en el interior, dándole un aspecto frío y solemne. Los suelos eran de granito negro, los ascensores de acero y Violet subió en uno de ellos con varios hombres vestidos de oscuro.

Desde luego, el mundo de Gavin Mason no se parecía nada al de ella. Todo en él parecía tan serio... mientras ella era Candy Tandy. Y, de repente, se sintió fuera de lugar allí, con su traje de color rojo. Con ese color se sentía como si estuviera en medio de una plaza de toros, moviendo el capote para intentar controlar a un morlaco.

Las oficinas de GMT eran aún más severas. Una recepcionista vestida de gris, y con el pelo del mismo color, estaba sentada tras un escritorio con las letras GMT en negro sobre una pared blanca. No había música de fondo, ni una sola revista para pasar el rato, ni siquiera un cuadro en la pared. Evidentemente, a Gavin Mason no le importaba nada el confort...

Violet recordó entonces su ropa interior de seda. Bueno, al menos el confort de los demás.

Después de hablar con su editora esa mañana había decidido presentarse allí sin avisar después de comer, esperando encontrar a Gavin Mason con el estómago lleno. Ni siquiera se había molestado en pensar que podría no estar en la oficina porque parecía un adicto al trabajo. No le sorprendería nada que viviera allí. Le iba bien, todo frío e impersonal.

«No te pongas así. Has venido aquí a solucionar las cosas, no a empeorarlas».

La recepcionista levantó la mirada en ese momento y se disculpó por no haberla visto antes.

—Me gustaría hablar con el señor Mason, Gavin Mason —dijo Violet.

No habría hecho falta que añadiese el nombre porque en cuanto dijo el primer Mason la mujer sacudió la cabeza.

—Me temo que el señor Mason está muy ocupado esta tarde. Lo siento.

—Le aseguro que no tardaré mucho. Sólo tengo que hablar con él cinco minutos.

La recepcionista sonrió mecánicamente.

—Si me dice sobre qué quiere hablar con él, podría organizar una cita para esta semana.

Pero entonces Violet se habría gastado el dinero del alquiler del traje para nada y tendría que volver a hacerlo. Por no decir que tendría que seguir pensando en las amenazas de Gavin Mason durante unos días.

—Hoy sería mucho mejor —insistió—. Ya que estoy

aquí… y no hay nadie más. Le aseguro que no tardaré más que cinco minutos.

–El señor Mason tiene un día muy ajetreado, señorita.

–Si le dice que estoy aquí a lo mejor quiere recibirme –insistió Violet.

–El señor Mason está muy ocupado.

–Pero tal vez…

–Tal vez si me dice sobre qué quiere hablar con él –repitió la bien entrenada recepcionista.

Violet no pensaba contarle que estaba allí porque Gavin Mason sospechaba que era una prostituta de lujo que había escrito sobre él en unas memorias que eran en realidad una novela.

–Muy bien, busque un día esta semana para que pueda verlo.

La mujer sonrió, esta vez con satisfacción, tecleando en el ordenador.

–¿Y su visita es relativa a…?

–Relaciones Públicas –fue lo primero que se le ocurrió.

–¿Podría ser más específica?

–No.

La mujer hizo una mueca antes de mirar la pantalla del ordenador.

–Puede venir el viernes a las cinco menos cinco. El señor Mason tendrá entonces cinco minutos para usted.

Violet tuvo que morderse los labios para no replicar. ¿Qué iba a decir? Había sido ella quien insistió en que sólo necesitaría cinco minutos.

–Muy bien –asintió, antes de darse la vuelta.

—Espere, no me ha dicho su nombre.

Violet iba a decirle su verdadero nombre, pero se dio cuenta de que Gavin Mason no lo reconocería.

—Raven French.

Podría haber gritado que el pelo de la recepcionista estaba ardiendo, tal fue la reacción de la mujer, que se echó hacia atrás en la silla mirándola con cara de auténtico horror.

—Raven French —repitió melodramáticamente, como si fuese un demonio.

—Pues sí.

—No se mueva de aquí —la mujer adoptó el tono de Norma Desmond, la chiflada protagonista de *El crepúsculo de los dioses*, mientras se levantaba de la silla—. Creo que el señor Mason podría recibirla ahora mismo.

Después de decir eso, desapareció tras una puerta.

—Señor Mason, esa mujer horrible está aquí —oyó que decía la recepcionista—. Aquí, en la oficina. ¿Se puede creer la cara que tiene?

Violet oyó un golpe, como si alguien hubiese tirado algo, seguido de unas palabrotas que no había escuchado desde que vio la película *Scarface*.

Y luego, de repente, todo quedó en silencio.

La recepcionista apareció de nuevo y, después de carraspear varias veces, anunció:

—Puede pasar. El señor Mason quiere verla.

—Gracias —dijo Violet.

Aunque no se sentía particularmente agradecida. De hecho, cuando empujó la puerta del despacho de Gavin Mason tenía un nudo en el estómago.

Nerviosa, asomó la cabeza y miró primero a la derecha y luego a la izquierda. Pero el despacho estaba vacío. Y no era tan estéril como el resto del edificio, al contrario. Había enormes muebles de caoba sobre una colorida alfombra persa y los cuadros eran colosales, abstractos brutales con colores más fuertes que los de la alfombra. Evidentemente, quien trabajase allí era una persona dinámica, moderna y acostumbrada a las cosas de valor.

Pensando que había entrado en la oficina equivocada, Violet dio un paso atrás...

Pero una mano grande apareció de repente y la tomó por la muñeca. Antes de que pudiese decir nada la puerta se cerró tras ella y Violet, automáticamente, se dio la vuelta. Pero, poco acostumbrada a los zapatos de tacón, perdió pie y se vio lanzada hacia delante.

Justo a los brazos de Gavin Mason.

Capítulo Tres

Cuando Anna le dijo que Raven French estaba esperando, Gavin se puso más furioso de lo que lo había estado el sábado en la librería. Una cosa era difamar a un hombre a distancia, pero aparecer en su oficina era un desafío intolerable. Jamás se debía retar a un hombre en su territorio... a menos que quisieras que te mandasen a Abu Dhabi de una patada.

–¿Se puede saber qué hace aquí? –le espetó, a modo de saludo, siendo deliberadamente grosero.

Debía admitir que, aunque había adoptado su aspecto más amenazador, Raven French no parecía asustada. Había dado un paso adelante para abrumarla, pero se vio asaltado por su perfume, un perfume sorprendentemente suave y sorprendentemente dulce. Al contrario, lo miraba directamente a los ojos con una sonrisa. Una sonrisa insegura, pero una sonrisa.

Hombres mucho más grandes y poderosos que ella habían temblado cuando se ponía así de impresionante. Raven French, sin embargo, estaba sonriendo. Y eso dejaba bien claro que lo subestimaba.

–Hola, señor Mason –lo saludó. Pero su voz no era tan firme como el sábado, cuando *él* invadió su territorio.

Gavin no dijo nada en respuesta al saludo porque seguía esperando una respuesta a su pregunta. De modo que se miraron en silencio durante unos segundos, como si ninguno de los dos supiera qué hacer.

Interesante. El sábado, ninguno de los dos había vacilado aunque estaban delante de gente. Ahora, estando solos, ninguno de los dos sabía qué decir.

No podía creer que estuviera allí. Nadie lo desafiaba, nadie. Él era quien desafiaba a los demás en la sala de juntas o en el dormitorio, donde fuera. Si Raven French tuviese algo de sentido común se daría cuenta de eso y le daría satisfacción inmediatamente, fuera retractándose o…

O de cualquier otra forma.

Un pensamiento invadió su mente entonces, uno que no tenía por qué haber aparecido allí. Ésa era una forma de satisfacción que no deseaba de aquella mujer en absoluto. Aunque tuviera una melena oscura que parecía de seda. Aunque tuviese unos ojos azules que parecían de color violeta y en los que un hombre querría ahogarse. Aunque tuviese unos labios jugosos que hacían que un hombre quisiera…

Por eso no iba a seguir pensando en ello. Y no era por lo que Raven French estaba allí, además. ¿Pero por qué estaba allí?

—¿Quería algo, señorita French?

De inmediato, se maldijo a sí mismo por ponérselo tan fácil. Y cuando ella sonrió se dio cuenta de que era una sonrisa de victoria. Maldita fuera.

—Esperaba que pudiésemos hablar de este asunto que tenemos entre manos más razonablemente que el sábado. Y podría empezar por soltarme y darme un poco de espacio para respirar.

–¿De qué quiere hablar? –le preguntó Gavin, sin soltarla–. Usted ha escrito un montón de basura que incluía un capítulo sobre mí lleno de falsedades. Su novela ha dañado mi reputación profesional y mi vida personal. Y a menos que admita públicamente que estaba mintiendo, tendrá que pagar por ello.

Ella respiró profundamente. Y después lo sorprendió admitiendo:

–Tiene razón. Ese capítulo contiene un montón de mentiras. De hecho, todos los capítulos de mi novela son un montón de mentiras, lo admito. Nada de lo que digo sobre esos hombres es cierto.

Gavin arqueó una ceja. ¿Se rendía? Estaba claro que su reputación lo precedía, pensó. Pero, en fin, siempre era así.

Con desgana, soltó su muñeca. Aunque no entendía por qué le había gustado tanto tocarla.

–¿Admite que se lo inventó todo?

–Absolutamente todo –asintió ella.

Gavin bajó la ceja. Eso era lo que él quería escuchar. Entonces, ¿por qué no se alegraba? Ah, claro. Porque no había aceptado hacer una confesión pública.

–¿Está dispuesta a admitir eso públicamente?

–Desde luego.

–¿A los medios de comunicación? ¿Va a decirle a todo el mundo que el capítulo dedicado a Ethan es una mentira?

–Lo haré.

Muy bien, eso era lo que quería escuchar. Pero aún no se sentía satisfecho. ¿Por qué se rendía tan fácilmente?

¿Y por qué estaba él tan decepcionado de que así fuera?

–¿Admitirá en público, en la televisión, en la prensa, que me ha difamado deliberadamente en su libro?

Ella cambió el peso de un pie a otro y luego cruzó los brazos sobre el pecho en una postura defensiva.

–Pues… no. Eso no lo voy a hacer.

Ajá. Por eso se sentía decepcionado, porque esa última admisión era la que de verdad quería que hiciera. Y había dicho que no. De repente, Gavin se sintió extrañamente feliz de poder seguir discutiendo con ella. ¿Por qué?

–¿Admite que son un montón de mentiras pero no admite que sea una difamación?

Ella sonrió, una sonrisa de satisfacción que, por alguna razón, lo puso muy nervioso. Una mujer satisfecha era algo… bueno, debía admitir que era algo muy erótico. Y si la mujer satisfecha era Raven French, mucho más aún.

Pero era absurdo pensar esas cosas. Desafortunadamente, como le pasaba a todos los hombres, una vez que un pensamiento erótico aparecía en su cabeza era imposible controlarlo y, de repente, vio una imagen de Raven French desnuda y tumbada en su cama, con una mano en el pecho, la otra entre las piernas, acariciándose…

Maldita fuera. Una imagen así no iba a desaparecer de inmediato y él tenía mucho trabajo esa tarde.

—Eso es.

Por un momento, Gavin pensó que estaba pensando lo mismo que él y que iba a cerrar la puerta del despacho para quitarse la ropa y satisfacerse a sí misma exactamente como había imaginado.

Pero entonces recordó que era el enemigo, que lo había difamado y convertido en el hazmerreír de todo Chicago y que, aunque hiciera eso de la autosatisfacción en su despacho, no estaría bien que él disfrutase mirándola.

Un momento. ¿Cuál era la pregunta?

Ah, sí. Raven French había admitido haber mentido sobre él pero, según ella, haciéndolo no lo había difamado.

—¿Por qué se declara culpable de lo primero pero no de lo segundo?

—Porque mi libro es un montón de mentiras, pero no es difamatorio para nadie. Es una obra de ficción, señor Mason. La ficción es, por definición, una mentira. Y como nada es verdad, no puede difamar a nadie.

—Ah, entonces estamos de vuelta con eso —dijo Gavin, airado—. Todo el mundo sabe que su libro no es una novela sino unas memorias sobre su sórdida vida…

—Estamos de vuelta con eso porque no es verdad —lo interrumpió ella—. Ni son unas memorias ni mi vida ha sido sórdida… bueno, tampoco es que haya sido fácil, pero eso queda en el pasado. Y

no ha sido sórdida sino difícil, con dificultades…
en fin, tampoco es que venga de la calle…

Gavin la miró perplejo.

–¿Se puede saber qué está diciendo?

–Que mi novela es una obra de ficción –repitió
ella–. Y usted no puede demostrar que no lo sea.

–¿De verdad cree que no puedo?

Algo en su tono debió advertirla que tuviese cuidado porque su expresión, un segundo antes desafiante, se volvió casi asustada.

–No, no puede –dijo, sin embargo.

–Señorita French, no sólo puedo discutir que
el libro no es una obra de ficción, puedo demos-
trarlo.

–Eso es imposible. Todos los personajes han salido de mi imaginación.

–¿Ah, sí?

Esta vez, Raven French se limitó a asentir con la
cabeza.

Gavin se acercó a su escritorio y sacó un ejemplar de *Tacones de aguja, champán y sexo* del cajón
donde lo había metido durante el fin de semana. Se
acercó a ella mientras buscaba una página y cuando dio un paso atrás Gavin dio un paso adelante.

–Dígame una cosa –empezó a decir, sabiendo
que ella no podría dar otro paso atrás porque estaba rozando la puerta con la espalda–. ¿Raven
French es su verdadero nombre?

Ella empezó a jugar con un botón de su traje y
cuando la miró a la cara se quedó sorprendido al
ver que se había puesto colorada. ¿Qué clase de
prostituta se ponía colorada?

Inmediatamente, se contestó a sí mismo: aquéllas que cobraban cantidades astronómicas porque eran grandes actrices.

Sin duda, el rubor era algo para lo que estaba entrenada. O, al menos, lo estaba cuando se ganaba la vida yendo de cama en cama, antes de empezar a ganarse la vida con la más honorable profesión de desacreditar a los demás.

—¿Señorita French? ¿Es su nombre o no?

—No, no lo es. Es un *nom de plume*, un seudónimo.

Como había sospechado.

—¿Y por qué usa un seudónimo, para protegerse de los hombres de los que habla en su libro y de las demandas que podría recibir?

—No, fue idea de mi editora.

—Porque querían protegerse de las posibles demandas una vez que el libro fuese publicado, naturalmente.

De nuevo, sus mejillas se cubrieron de rubor. Asombroso, pensó Gavin. No recordaba la última vez que había visto a una mujer ponerse colorada.

—No, en realidad pensaron que mi verdadero nombre no era… en fin… lo bastante exótico. Pensaron que el libro se vendería mejor si el nombre de la autora sonaba como el de una prostituta de lujo.

—En ese caso, no le importará decirme su verdadero nombre.

—No, claro que no.

Pero no se lo dijo.

Gavin dio otro paso adelante para incomodarla aún más. Y se dijo a sí mismo que lo hacía porque quería llevar ventaja y no porque quisiera ver cómo se ruborizaba de nuevo…

Violet contuvo el aliento cuando Gavin Mason dio otro paso adelante, aprisionándola aún más contra la puerta del despacho, algo que parecía imposible porque ya estaba prácticamente dentro de ella. Y demonios, ¿por qué tenía que pensar eso? Pensar en Gavin Mason dentro de ella la confundía aún más.

Violet intentó fingir que su proximidad no la afectaba. Y no la afectaba, qué tontería. De hecho, apenas se había dado cuenta de que estaba tan cerca. Ni había notado el aroma de su colonia masculina o cómo la luz de la lámpara hacía que sus ojos pareciesen más claros que nunca. Y, por supuesto, no había prestado ninguna atención a esos hombros tan anchos que parecían los de un jugador de fútbol o a esos pómulos tan altos y marcados. Para nada.

No, lo único que Violet notó fue que su proximidad no la afectaba en absoluto. De hecho, notó eso tanto que siguió mirando al suelo porque era mucho más interesante que Gavin Mason.

–¿Y su nombre es…? –insistió él–. Iba a decirme su verdadero nombre.

En realidad, Violet aún no había decidido si iba a decírselo o no. Pero aunque no se lo dijera, estaba segura de que tarde o temprano lo descubriría. Además, era normal que los autores usaran seudónimos para proteger su privacidad. En caso de que ganasen millones de dólares y se convirtieran en celebridades, le habían dicho.

Sí, como que eso iba a pasar con una demanda pendiendo sobre su cabeza.

—Violet —se oyó decir a sí misma. Ah, evidentemente una parte de ella ya había decidido decirle su nombre. No habría estado mal que esa parte hubiera informado al resto de las partes—. Violet Tandy —añadió. No iba a decirle que Violet era en realidad otro seudónimo y que su nombre auténtico era Candy Tandy. Porque si no creía que Raven French fuera su verdadero nombre, tampoco iba a creer que se llamase Candy Tandy. Ni ella misma podía creerlo.

—¿Violet? —repitió Gavin Mason.

Algo en su tono hizo que Violet lo mirase a los ojos, desafiante. Hacer eso, sin embargo, sólo consiguió ponerla aún más nerviosa, aunque intentó disimular.

—¿Le parece mal?

Él abrió la boca para decir algo, pero volvió a cerrarla enseguida.

—No, no me parece mal. Es que no le pega.

Violet pensaba que le pegaba estupendamente, pero no quería seguir hablando del tema.

Gavin Mason se quedó callado un momento y, después, empezó a leer:

—*En cuanto vi a Ethan supe que era un gran empresario, la clase de hombre que había construido su imperio desde abajo. Había empezado con uñas sucias y ropa de segunda mano, trabajando de sol a sol para conseguir un sueldo con el que apenas podía sobrevivir. Pero estudiaba por las noches y consiguió un título universitario… en realidad, tenía tres títulos universitarios…*

Gavin levantó la cabeza del libro y miró hacia la izquierda. Y cuando Violet hizo lo propio, vio tres diplomas enmarcados en la pared.

–*… tres títulos universitarios* –siguió, volviendo al libro– *que había conseguido en menos tiempo que sus privilegiados compañeros en conseguir uno. Y no creáis que saber eso lo hacía humilde en absoluto. Al contrario, el sentimiento de superioridad y autoridad de Ethan había estado con él desde niño. Pero eso era el pasado. Cuando conocí a Ethan, llevaba un traje de chaqueta de Canali que costaba dos mil quinientos dólares, de cachemir, por supuesto, y unos zapatos Santoni por los que debía haber pagado otros mil quinientos. Su corbata era de Hermès, de seda, naturalmente… lo sabía porque algunas noches me había atado con ella al cabecero de la cama. Y su camisa era de fino algodón, de Ferragamo. Yo conozco a los diseñadores de ropa de caballero, queridos lectores, y les aseguro que Ethan, más que ninguno de los otros cien hombres con los que me había acostado, también sabía algo sobre moda.*

Gavin cerró el libro y miró a Violet a los ojos.

–Siento que mi voz no suene jadeante y pretenciosa como exige un párrafo así, pero…

–¿Jadeante? ¿Pretenciosa? –repitió Violet, airada–. Roxanne no es pretenciosa en absoluto. A los lectores les gusta leer nombres de diseñadores. ¿Es que no ha visto *Sexo en Nueva York*? Y Roxanne habla en voz baja porque sus clientes le pagan para eso. Quieren que hable como Marilyn Monroe.

Gavin la miró en silencio, esbozando una sonrisa.

—¿No había dicho que era una obra de ficción?

—Pues claro que sí.

—Pero habla de Roxanne como si fuera una persona de verdad.

Violet volvió a levantar la barbilla, indignada.

—Para mí es real. Todos mis personajes me parecen reales cuando escribo sobre ellos.

—Tal vez porque *son* reales. Gente de verdad a la que usted sólo le ha cambiado el nombre.

Violet dejó escapar un suspiro de irritación.

—Pregúntele a cualquier novelista y le dirá que sus personajes le parecen reales aunque no lo sean.

—Todo lo que ha escrito en esta página sobre Ethan podría ser dicho de mí. Claro que eso ya lo sabe. Cómo lo sabe, aún no estoy seguro porque muchas de estas cosas no son de conocimiento público. Debe haber conocido a alguien que sabía de mí e imagino que le pagaría dinero para que se lo contase. Más de lo que pagué yo para que no lo hicieran.

—No sé de qué está hablando. No había oído hablar de usted antes del sábado.

La sonrisa de Gavin Mason se volvió indulgente.

—Muy bien, vamos a fingir que de verdad no sabía nada de mí.

—Es que no sé nada sobre usted…

—Ha visto mi tarjeta, ¿no? GMT significa Gavin

Mason Transatlánticos. Empecé trabajando en el muelle de Brooklyn, cargando y descargando barcos para una casa de subastas en Manhattan... ya sabe, objetos de arte, cuadros, artefactos. Yo no tenía mucho interés en lo que había dentro de las cajas y los pallets que sacaba de los barcos, sólo quería el dinero para pagarme la universidad. Hasta que un día vi un catálogo y descubrí lo que la gente pagaba por esas cosas, millones en muchos casos. Y la casa de subastas se quedaba con un porcentaje sólo por llevar esas obras de un lado a otro del mundo. Claro que no eran ellos los que cargaban y descargaban, era yo. Ellos estaban en una oficina con aire acondicionado mientras yo movía cajas que pesaban una tonelada lloviese o nevase, desde el amanecer al anochecer algunas veces. Y ganaba el sueldo mínimo, así que empecé a estudiar el negocio de importación. Y aun así conseguí terminar la carrera de dirección de empresas en menos tiempo que... ¿cómo lo dice usted... mis privilegiados compañeros?

–Pero...

–Y esa expresión, «privilegiados compañeros», es la clave –la interrumpió Gavin–. Soy un hombre importante en Chicago y nadie conoce mi pasado. Todo el mundo cree que vengo de una familia privilegiada, que nunca he pasado hambre, que no tuve que vivir en un cuartucho donde las cucarachas y las ratas se peleaban por comerse las sobras. No saben nada de uñas sucias ni de que nunca conocí a mi padre.

Violet lo miró, sorprendida. Aunque, salvo por

el episodio de las ratas, podría estar describiendo su propia vida.

—¿Y qué tiene de malo todo eso? Uno no puede evitar las circunstancias en las que nace. Ser pobre no es un crimen, señor Mason. Debería sentirse orgulloso de haber llegado tan lejos. Tampoco yo sé quién era mi padre...

—Sí, bueno, no me sorprende.

—¡Oiga!

—Me siento orgulloso de mi pasado —siguió Gavin, sin hacer caso de su interjección—. Pero eso no significa que quiera que lo sepa todo el mundo. La clase de gente con la que me relaciono ni siquiera sabe que existe la pobreza y no quieren relacionarse con nadie que venga de ese mundo. Creen que soy uno de ellos y ésa es una de las razones por las que me gusta mi vida. He trabajado mucho no sólo para llegar a la cima de mi profesión sino para llegar a la cima de mi círculo social y para eso he tenido que esconder de dónde vengo, le parezca a usted bien o mal —Gavin levantó el libro—. Y lo había conseguido, pero ahora lo sabe todo el mundo.

De modo que no era sólo el daño que le había hecho a su imagen o que la gente pensara que se acostaba con profesionales del sexo, pensó Violet. Estaba enfadado porque se había descubierto que no provenía de una familia acomodada.

Pues peor para él. No había nada malo en haber nacido pobre.

—Ya le he dicho que Ethan no está basado en usted. Pero aunque lo estuviera, ¿qué tiene eso de malo?

–Los apellidos y el círculo social lo son todo para la gente con la que me muevo –contestó Gavin–. No es suficiente con tener éxito, has de pertenecer a cierto grupo. Y ahora, gracias a usted, todo el mundo sabe de dónde vengo.

–No veo por qué nadie iba a imaginar que usted es el personaje. Ethan es un gran empresario y en Chicago hay muchos.

–Pero tendrá que admitir que el pasado de Ethan es casi idéntico al mío.

No era idéntico. Había algunas similitudes, pero muchos hombres en la posición de Gavin provenían de familias humildes. Muchos hombres y mujeres habían levantado imperios de la nada y, para hacer eso, habían tenido que estudiar, prepararse, trabajar día y noche. Ethan era un personaje creado después de leer montones de historias sobre millonarios hechos a sí mismos.

–Mucha gente ha levantado negocios como lo ha hecho usted, ese párrafo no demuestra nada –insistió Violet–. Además, ha dicho que nadie conocía su historia. ¿Por qué cree que la gente sacará la conclusión de que Ethan es usted?

Sin decir una palabra, Gavin Mason empezó a desabrochar los botones de su chaqueta y cuando se la quitó Violet sintió que se le encogía el estómago. Y luego empezó a soltarse el nudo de la corbata.

Por un momento pensó que estaba desnudándose para… para algo para lo que no debía desnudarse en absoluto. Sobre todo porque estaban en su despacho y ella había empezado a tener pensamientos que no debería tener. Pero cuando Gavin alargó una mano hacia ella no fue para abrazarla sino para…

¿Ofrecerle su chaqueta? Pero no tenía sentido porque en el despacho no hacía frío. De hecho, ella estaba acalorada.

–No entiendo.

Gavin parecía haber adivinado sus pensamientos porque su sonrisa estaba llena de malicia. Y cuando sonreía así era más bien… un poco como… bueno, no, mucho…

Violet intentó controlar sus caóticos pensamientos. En fin, era irresistible. Así era cuando sonreía de ese modo.

–La etiqueta, señorita Tandy. Mire la etiqueta de mi chaqueta.

Con el cerebro alborotado, por no hablar de otras partes de su cuerpo que no deberían alborotarse en presencia de un extraño, Violet tardó un momento en entender lo que decía.

–Ah, la etiqueta… Canali –leyó. Como la de Ethan.

–¿Y de qué está hecha?

–De cachemir –leyó Violet–. ¿Y cómo sé yo que no la ha comprado después de leer el libro para hacer que su ridícula afirmación parezca real?

–Compré este traje hace dos años y aún tengo la factura. Mire la camisa y la corbata también.

Violet lo hizo. Ferragamo y Hermès respectivamente.

Gavin se quitó entonces un zapato y lo empujó hacia ella. Santoni, maldito fuera.

Luego volvió a abrir el libro mientras se ponía el zapato y empezó a leer:

–*El ambiente de trabajo de Ethan era una contradicción. El edificio de su oficina era de acero y cristal, sin color, sin personalidad, tan frío y tan implacable como el mundo corporativo. Pero su despacho reflejaba la magnificencia, la prosperidad y el hedonismo de Ethan: colores fuertes, muebles lujosos y antiguos, obras decadentes...*

Gavin se detuvo y Violet se sintió atrapada, sin saber qué hacer para evitar que leyera el siguiente párrafo.

–*Recuerdo con especial afecto un sillón de cuero en una esquina de su despacho.*

Gavin miró por encima de su hombro derecho e intuyendo lo que iba a ver Violet hizo lo propio para encontrarse con... tachán, un sillón de cuero en una esquina. Malditas fueran las coincidencias.

–*A menudo* –siguió leyendo Gavin– *cuando Ethan me llamaba para que fuera a su despacho, lo encontraba sentado en ese sillón, con un vaso de whisky de malta en la mano. Sin decir una palabra, me ordenaba que me quitase la ropa y yo obedecía. Luego, me ofrecía el vaso. Yo debía llenar mi boca de whisky y ponerme de rodillas... para llenar mi boca de él. Lo que pudiera, al menos. Me pasaba tardes enteras de rodillas frente a ese sillón en su despacho, dándole placer, y luego doblada sobre el sofá para que pudiese tomarme por detrás una y otra vez...* –Gavin se detuvo para mirarla–. Bueno, creo que está claro, ¿no?

Oh, sí, sí, sí, sí, hubiera querido gritar Violet.

—No sé lo que está claro —consiguió decir, sin embargo.

—¿Ah, no?

—Sus cuadros no son decadentes.

—Señorita Tandy, ¿ha mirado usted esos cuadros de cerca?

—¿Por qué tengo que mirarlos de cerca? Son todos abstractos y a mí no me gusta demasiado el arte abstracto. No es que sea una experta ni nada parecido, pero no me gusta el arte indescifrable.

—No, seguro que le gustan más las imágenes del Kama Sutra, pero hágame el favor, mírelos de cerca —insistió Gavin—. Ése de ahí, por ejemplo —dijo, señalando uno a su izquierda con gruesas pinceladas en rojo y marrón—. ¿A qué le recuerda?

—Pues… a un sándwich de manteca de cacahuete con mermelada de frambuesa.

Le recordaba eso. Oye, ya le había dicho que ella no era una experta en arte.

Gavin soltó una carcajada que la hizo sentir un cosquilleo en el vientre. Y no era un cosquilleo desagradable.

—Acérquese más y dígame lo que ve.

Suspirando, Violet se acercó al cuadro. Estaba empezando a cansarse de ese empeño por encontrar parecidos entre Ethan y él. Intentó no centrarse en las pinceladas sino en el conjunto y cuando la imagen se volvió borrosa, de repente vio que una figura emergía de entre los colores. Y no era un sándwich de manteca de cacahuete con mermelada de frambuesa sino… sino…

–Eso es un… un…

–El atributo masculino que hace que un hombre sea un hombre, sí.

–¿Y lo tiene colgado en su despacho?

–El artista es muy famoso. Se inspira en la obra de Georgia O'Keefe, pero ha llevado las inclinaciones de la artista un poco más allá.

–Ya te digo… –murmuró Violet, mirando el otro cuadro. Por supuesto, en cuanto dejó de concentrarse en las pinceladas emergió otra figura y, como era de esperar, era… el atributo femenino que hacía que una mujer fuese una mujer. El tercer cuadro era un pecho femenino y en el cuarto se unían todos los temas de los cuadros anteriores. Si hubiera sido la portada de una revista, habría sido prohibida en todos los quioscos decentes de Chicago.

–No puedo creer que tenga pornografía en las paredes.

Gavin se colocó a su lado.

–¿Y por qué una mujer que se gana la vida practicando sexo por dinero critica al hombre que pinta o al hombre que lo colecciona?

Bueno, ya estaba bien. Se había hartado de Gavin Mason y de su cabezonería.

–La descripción de todo lo que hay en ese capítulo podría ser la de mil hombres diferentes y estoy cansada de discutir con usted. Si quiere ponerme una demanda por libelo, hágalo. Pero recibirá una llamada de mi abogado esta misma tarde.

Después de decir eso, y sin darle tiempo a replicar, Violet se dio la vuelta y salió del despacho.

Capítulo Cuatro

Gavin vio a Raven… Violet o quien fuera salir del despacho sin saber qué decir para detenerla. Pero lo raro era que quisiera detenerla y más raro aún la razón por la que quería hacerlo. No era para amenazarla de nuevo con una demanda sino porque después de su conversación sentía más curiosidad que antes.

¿Cómo podía una mujer como ella no reconocer el tema de los cuadros que colgaban en su despacho? Y luego, cuando le dijo lo que eran, ¿cómo podía esa mujer mostrarse tan indignada y ofendida como una colegiala?

Se decía a sí mismo que era otro ejemplo de por qué había ganado tanto dinero como acompañante de lujo; una prostituta debía tener talento para hacerse la inocente. Sin duda había muchos hombres por ahí que encontraban excitante acostarse con una chica joven a la que debían enseñárselo todo. Francamente, Gavin no entendía la atracción. A él le gustaba que sus mujeres fueran sofisticadas y experimentadas. ¿Quién tenía tiempo o inclinación para seducir a alguien sin experiencia? ¿Quién pagaba dinero para que alguien fingiera ser inocente cuando no lo era? Él prefería ir directamente a la acción. Los juegos previos estaban sobrevalorados. Si algún día se le ocurriera pagar a una mujer para acostarse con ella sería para ahorrarse todos esos tocamientos y caricias y...

¿Dónde estaba?

Ah, sí, maravillándose de la reacción de Raven... Violet sobre sus pinturas. Y también se maravillaba del comentario que había hecho sobre el cuadro. Una mujer como ella, sofisticada, de mundo, debía estudiar los intereses de sus clientes y el arte solía ser uno de ellos.

¿Quién demonios era Violet Tandy?, se preguntó entonces. ¿Quién era Raven French? Eran la misma mujer, pero no parecían tener mucho en común.

Estaba haciendo un papel, se dijo a sí mismo. Estaba haciendo el papel que hacía con sus ricos y poderosos clientes para conseguir lo que quería: dinero. Tal vez él no iba a darle un cheque, al menos no de la forma que solía conseguirlos, pero estaba protegiendo sus intereses intentando evitar una demanda y, por supuesto, lidiaría con él como lo hacía con sus clientes: fingiéndose alguien que no era. En este caso, una chica dulce, inocente y vulnerable.

Sí, seguro.

Él no era uno de sus clientes y no pensaba pagarle por nada. Al contrario, iba a demandarla por una cantidad exorbitante de dinero. Obtendría una satisfacción de Violet Tandy y la obtendría pronto.

***

Violet no dejó de correr hasta que estuvo a cinco manzanas del edificio de acero y cristal. Y sólo se detuvo porque había llegado a la tienda en la que había alquilado el traje. La comidilla de la ciudad era una boutique en la avenida Michigan que alquilaba trajes de diseño y accesorios de lujo a mujeres que querían moverse en la alta sociedad de Chicago. La propietaria era Ava Brenner, que resultaba de gran ayuda cada vez que iba a la tienda.

Ava estaba ayudando a otra cliente cuando entró y su ayudante estaba hablando por teléfono, de modo que Violet aprovechó para recuperar el aliento y calmarse un poco. Pero de manera inexorable sus pensamientos volvían a Gavin Mason, algo que no consiguió calmar su agitada respiración.

¿Qué había pasado en ese despacho? Se había sentido como una criatura, como una niña huyendo del lobo feroz, sus grandes zarpas rozando su espalda, su cálido aliento en el cuello, su lengua…

Qué calor hacía allí, pensó. ¿Por qué estaba tan alta la calefacción?

Suspirando, intentó conjurar pensamientos felices. Eso era lo que hacía de niña cuando se encontraba en una nueva casa de acogida, cuando los otros niños se portaban mal con ella o cuando sus amigos se iban a otra ciudad y sabía que no volvería a verlos.

Pensamientos bonitos, sí. El mar había sido uno de sus favoritos. Aunque nunca había estado en el mar, lo había visto en televisión y tenía una imaginación muy vívida.

En su mente aparecía un océano de agua cristalina o una playa de arena blanca. No había una sola nube en el cielo y el sol hacía brillar la superficie del mar como si estuviera hecha de diamantes. Oh, sí. Violet empezaba a calmarse un poco. Ahora estaba sentada a la orilla del mar, la caricia de las olas en sus pies haciéndola sonreír, la brisa moviendo su pelo.

Pero entonces, de repente, no era la brisa la que movía su pelo sino los dedos de un hombre. Violet levantó la cabeza y se encontró con los ojos más azules y más…

Maldito fuera Gavin Mason. ¿Cómo se atrevía a invadir sus pensamientos?

—Señorita Tandy, qué pronto ha vuelto.

La voz de Ava la devolvió al presente. Ava Brenner era una mujer encantadora y elegantísima que nunca llevaba una gota de maquillaje. Ese día llevaba un traje gris, sin duda de algún diseñador famoso, y un collar de perlas con pendientes a juego.

—Espero que no haya tenido ningún problema con el traje. De ser así, le aseguro que enseguida encontraremos algo mejor para usted.

Violet sonrió. Nunca había oído a nadie hablar como lo hacía Ava y se preguntó cuál sería su historia. ¿Por qué habría abierto aquella tienda en la que alquilaba trajes carísimos a mujeres que no podían comprarlos cuando ella era, evidentemente, una mujer de la alta sociedad? Normalmente, la gente de su círculo no quería saber nada de los de más abajo. No les importaba firmar cheques para organizaciones benéficas, pero no querían saber nada de los pobres. «Devolver algo a la comunidad», lo llamaban, como si alguna vez hubieran pertenecido a esa sociedad. Por supuesto, no querían ensuciar sus blancos guantes entrando en contacto con alguien que necesitase ayuda. Y, sin embargo, allí estaba Ava, ofreciendo un medio para que algunas de esas personas se infiltrasen en ese círculo. Y estaba segura de que hasta podría proveer de los guantes blancos.

–No, el traje es perfecto –le aseguró–. Es que… la reunión no ha durado tanto como yo esperaba.

Ava juntó las manos sobre el pecho, en un gesto que le recordó a una bibliotecaria.

–Espero que todo haya ido bien.

–Sí, ha ido bien –mintió Violet.

–Excelente. Si quiere entrar en el probador B, le diré a Lucy que traiga sus cosas.

Ésa era otra cosa que le gustaba de La comidilla de la ciudad, que podías dejar tu ropa allí y cambiarte en el mismo día, sin pasar por tu casa. Eso y el elegante ambiente y que Ava te hiciera sentir como si fueras una reina aunque llevases pantalones vaqueros hacía que Violet deseara mudarse allí para siempre.

Desgraciadamente, como a Ava no le haría mucha gracia que se instalase allí, Violet se cambió de ropa en el probador y cuando salió de la tienda volvió al mundo real. Su vida real, que no era elegante ni sofisticada como esa boutique en la avenida Michigan.

Aunque su vida estaba bien. Desde luego, era mucho mejor que la que había tenido de pequeña. Su apartamento en Wicker Park estaba en un edificio recientemente reformado y tenía mucha personalidad. Como los suelos que crujían o los radiadores que hacían ruido o las ventanas que era imposible abrir... y no tenía ascensor, pero subir cinco pisos todos los días era un buen ejercicio y más barato que apuntarse a un gimnasio. ¿Y qué importaba que sólo tuviera un dormitorio y una cocina diminuta? Tenía una bonita vista de la ciudad y un terraza con plantas.

Muy bien, no era el Ritz, pero era mucho mejor que los sitios a los que había tenido que llamar «hogar» cuando era pequeña. Y «hogar» era un concepto dudoso para Violet. Incluso más que el concepto de «familia». Sus hogares habían dejado de serlo si uno de sus padres de acogida se ponía enfermo o si no se portaba como debía. O si un juez decidía que tenía que irse a otro sitio por razones que nadie le explicaba nunca, de modo que Violet aprendió pronto que lo mejor era no encariñarse con nadie.

Cuando cumplió los dieciocho años y ya no dependía del Estado, su estilo de vida se había deteriorado aún más porque no ganaba suficiente dinero y tenía que ahorrar todo lo posible para comprar esa casa en las afueras que estaba a punto de hacer realidad... si Gavin Mason no lo estropeaba todo.

Y maldita fuera, allí estaba otra vez. ¿No iba a dejarla en paz o qué? Ni siquiera estaba a salvo en su propia casa.

***

Los días siguientes dejaron claro que no estaba a salvo, pero por razones muy diferentes. Gracias al éxito de la firma de libros del sábado, Marie le consiguió una entrevista con el redactor del suplemento cultural del *Sun Times* y un par de entrevistas en cadenas locales de televisión. Debería ser el sueño de cualquier escritor, pero todos los entrevistadores pensaban que la novela eran de verdad sus memorias, las memorias de una prostituta de lujo. Y las preguntas no eran sobre el libro sino sobre ella misma. A menudo había algún niño, algún gesto de complicidad pero, en general, las indirectas eran mucho menos sutiles.

Como, por ejemplo, preguntar si sabía cuál era la postura catorce del Kama Sutra o si había conocido a Hugh Hefner. O cada vez que le hacían alguna pregunta sobre el personaje de Ethan y si era cierto o no que se había basado en un empresario de Chicago. Aparentemente, daba igual las veces que Violet negase haber basado el personaje en ese empresario, nadie parecía creerla.

Aquello era completamente absurdo, el mundo se había vuelto loco. Y sobre todo aquello estaba la sombra de Gavin Mason y si iba o no a demandarla. Si debía juzgar por las preguntas que le hacían sus entrevistadores… bueno, la realidad era que tenía una premonición.

Aunque no había vuelto a molestarla desde que se vieron en su oficina, ella sabía que no se había echado atrás. Un hombre como él seguramente necesitaba un tiempo para colocar todos sus peones en fila. No había sitio para errores con un hombre así y seguramente estaría poniendo firme a su equipo jurídico para que buscasen todos los precedentes posibles.

El viernes por la noche, lo único que Violet deseaba era quedarse en casa viendo películas antiguas. Pero, como solía ocurrirle cada vez que entraba en su apartamento, se encontró deseando tener una mascota. Un perro que la recibiese alegremente cada día o un gato que saltara sobre su regazo. Algo, alguien, que la hiciera sentir importante y necesaria y que evitase la soledad. Pero en el edificio no permitían tener animales, ni siquiera peces. De modo que, como siempre, Violet tenía que ser su mejor amiga.

Suspirando, entró en su dormitorio, amueblado estilo fin de siglo parisino, desde el cabecero de metal al edredón rosa o la pantalla de la lámpara con volantitos. Aunque aún no era de noche, se puso un pijama de franela y se sujetó el pelo sobre la cabeza con una goma. No tenía más plan que ver dos películas de William Powell y comerse un helado. Tener el espectro de Gavin Mason sobre su cabeza toda la semana hacía que una chica necesitara un helado y lo necesitara ya.

Maldita fuera, otra vez pensando en él. Cuando debería pensar en el helado y decidir si debía ver *La cena de los acusados* o *Al servicio de las damas*.

Violet apartó de su mente todo pensamiento sobre Gavin Mason cuando entró en la cocina y se concentró en lo que importaba de verdad: chocolate con trocitos de galleta o chocolate con fresa, ésa era la cuestión. Que fue fácilmente solucionada echando una porción de cada uno en un cuenco. ¿Quién necesitaba Dolce & Gabanna cuando tenía fresa y chocolate?

Los títulos de crédito de *Al servicio de las damas* estaban terminando cuando sonó el timbre. Y eso la sobresaltó no sólo porque no esperaba a nadie sino porque sólo el más aplicado de los asesinos subiría cinco pisos.

«No pienses tonterías», se dijo a sí misma. Seguramente sería una pizza para el vecino de al lado.

Pero cuando puso el ojo en la mirilla comprobó que no era el chico de la pizza. Y también supo que no era un asesino; una pena porque casi hubiera agradecido que lo fuera. Pero no, era Gavin Mason quien estaba al otro lado de la puerta.

¿Qué demonios estaba haciendo allí?

−¿Quién es?

−Usted sabe quién soy −respondió él−. Tiene una mirilla.

−A través de una mirilla todo el mundo parece una merluza gigante. Y aunque fuese usted una merluza gigante seguiría sin saber quién es porque no conozco personalmente a ninguna merluza gigante.

Al otro lado de la puerta escuchó un suspiro de irritación.

−Abra de una vez.

Violet puso la cadena y abrió la puerta unos centímetros.

−Vaya, señor Mason, ¿a qué le debo este honor?

Se sentía orgullosa de sí misma por mostrarse

tranquila cuando en realidad no lo estaba en absoluto. En serio, ¿qué estaba haciendo allí? Con un esmoquin, además. Con aspecto de estar recién duchado y afeitado y oliendo aún mejor que la última vez que se vieron.

–En realidad, es usted quien me debe algo a mí –dijo él–. Y estoy aquí para darle la oportunidad de que me pague.

Oh, no le gustaba nada cómo sonaba eso.

–¿Perdone?

–Tenía una cita para asistir a una cena benéfica esta noche con una mujer llamada Martha –empezó a decir Gavin–. Pero Martha leyó su libro, me reconoció en Ethan y ahora no me dirige la palabra.

–Ah, pues qué pena –dijo Violet–. No que no tenga acompañante para la cena sino que las mujeres con las que sale no tengan cerebro suficiente para distinguir entre unas memorias y una obra de ficción.

Gavin Mason frunció el ceño, como preguntándose si estaba insultándolo a él también. Pero no dijo nada. Buen chico.

–Lo siento, pero no puedo ayudarlo –siguió Violet–. No tengo un servicio de citas.

Él sonrió entonces. Bueno, más bien enseñó los dientes, pero iba a concederle el beneficio de la duda.

–No, ya sé que no tiene un servicio de citas, pero no estoy aquí para que me busque a alguien, he venido porque está en deuda conmigo.

Violet tardó un momento en entender.

—¿Quiere que vaya con usted a esa cena? —le preguntó, incrédula.

—No es que quiera, pero no tengo muchas más opciones. Ninguna otra mujer quiere salir conmigo, gracias a usted. Y si acudiera solo a esa cena, todo el mundo lo sabría.

—Bueno, pues lo siento, pero yo tengo otros planes —dijo Violet—. Tal vez la próxima vez debería llamar antes. Si ha podido averiguar dónde vivo, seguro que también puede localizar mi número de teléfono. Después de todo, ninguno de los dos aparece en la guía.

Iba a cerrar la puerta, pero Gavin la sujetó con la mano.

—Me parece que no lo entiende, señorita Tandy.

—¿Qué es lo que no entiendo?

—Parece creer que puede usted decir algo al respecto, pero no es así.

Violet empujó la puerta con el hombro, pero no se movió. Se dijo a sí misma que era porque iba en calcetines y resbalaba en el suelo de madera, pero en realidad no se lo creía. Dejando escapar un suspiro, se rindió y volvió a mirar por el intersticio de la puerta.

—Me lo debe —insistió Gavin—. Y no pienso irme hasta que pague esa deuda.

Eso sí que no le gustaba nada.

—¿De verdad cree que voy a abrir la puerta? No todo el mundo es tan tonto como esa Martha.

Gavin la miró, guiñando los ojos.

—Necesito una acompañante para la cena benéfica y es ese maldito libro suyo el que me ha colocado en esta situación. Además, usted solía ganarse la vida acompañando a los hombres, de modo que es lo mínimo que puede hacer.

En realidad, lo mínimo que podría hacer era cerrar la puerta y pillarle la mano. No era culpa suya que Martha lo hubiese dejado plantado. De hecho, Gavin Mason debería estar dando saltos de alegría por haberse librado de una mujer tan tonta. Además, había dejado bien claro que la despreciaba, así que no entendía ese interés porque lo acompañase a la cena. No tenía sentido.

–He llamado a todas las mujeres que conozco –dijo él entonces, como si hubiera leído sus pensamientos–. La mayoría no se molesta en contestar al teléfono. Las que no han leído su libro han oído los rumores y ninguna quiere saber nada de mí. La única razón por la que no han rescindido mi invitación para la cena de esta noche es que soy uno de los patrocinadores de la asociación y hago un donativo anual.

Algo en su tono de voz hizo que Violet casi, casi sintiera pena por él. Hasta que recordó que la había amenazado con una demanda que podría destruir ese futuro con el que llevaba años soñando.

–¿Puedo pasar? Tengo que hacerle una proposición.

«Sí, seguro que sí».

–Gracias, pero no gracias. Como le he dicho un millón de veces, yo no soy ni he sido nunca una prostituta de lujo. O una acompañante. Así que no estoy interesada en su proposición.

Él tuvo la decencia de mostrarse ligeramente avergonzado.

—Bueno, tal vez no debería haber dicho eso. No es ese tipo de proposición. Mire, déjeme entrar cinco minutos para hablar, ¿de acuerdo? Creo que podemos ayudarnos el uno al otro.

—No, no creo que…

—Violet, déjame entrar.

Capítulo Cinco

Algo en su tono de voz hizo que Violet se lo pensara dos veces. Después de una breve pausa, por fin cerró la puerta para quitar la cadena antes de volver a abrirla. Gavin entró en el apartamento y él, no ella, fue quien la cerró. Y dcspués se colocó frente a la puerta, impidiéndole escapar.

Aunque Violet no quería escapar. Sólo escapaban los que estaban desesperados y ella no estaba desesperada. Meramente, un poco preocupada. Bueno, bastante preocupada. Y sin embargo, por alguna razón, no tenía miedo por su seguridad. Era algo más, pero pensar en ello en ese momento no sería buena idea.

–Ésta es la situación –dijo él entonces–. La cena de esta noche es importante para mí no sólo… –Gavin se detuvo abruptamente, mirando a Violet de arriba abajo–. ¿Qué llevas puesto?

–Un pijama –contestó ella–. Y estar en pijama era precisamente lo que planeaba hacer esta noche.

Esperaba haber puesto suficiente énfasis como para convencerlo de que estaba perdiendo el tiempo con su proposición.

–Pues vas a tener que cambiarte. No puedes llevar eso a la fiesta de los Steepleton.

Violet cruzó los brazos sobre el pecho, percatándose por primera vez de que el pijama le quedaba tan grande que le tapaba las manos.

–Entonces problema resuelto porque no pienso ir a la fiesta de los Steepleton. Gracias por pasar por aquí.

Iba a abrir la puerta de nuevo pero, como había hecho en el despacho por la tarde, Gavin la sujetó por la muñeca y puso la otra mano en la pared, aprisionándola. Al verse encajonada, Violet sintió un extraño cosquilleo en la espina dorsal.

–Como he dicho, la cena de esta noche es muy importante para mí no sólo porque se recauda dinero para una causa por la que siento mucho respeto y no sólo porque soy la persona que hace el donativo mayor –Gavin bajó la voz–. Lo más importante es que si no aparezco o aparezco sin compañía, todo el mundo pensará que me estoy escondiendo. O peor, que no soy capaz de encontrar a alguien que quiera salir conmigo.

Violet tragó saliva con cierta dificultad.

–Pero es que nadie quiere salir contigo. Aunque eso no es culpa mía porque mi libro es pura ficción…

–Así que necesito que vayas conmigo a la cena –la interrumpió él–. Porque aparecer con una mujer preciosa del brazo demostrará que aún hay gente que no cree una palabra de tu maldito libro y que hay mujeres que están dispuestas a salir conmigo.

Sería una frivolidad, pero Violet tardó un momento en concentrarse después de lo de «preciosa». ¿Gavin pensaba que era preciosa, incluso con ese pijama?

Entonces recordó que las dos veces que la había visto antes de esa noche iba bien maquillada y vestida con la preciosa ropa de la tienda de Ava. Modestia aparte, seguramente no estaba mal, pero era evidente que ese «preciosa» iba dedicado a Raven French, no a Violet Tandy.

Pero luego pensó en el resto de la frase y se dio cuenta de que había varios problemas.

—Bueno, vamos a ver: que aparezcas con la autora del libro no va a ayudar a dispersar los rumores de que tú eres Ethan.

—No iré con Raven French sino con Violet Tandy.

Ah. ¿Entonces ese «preciosa» iba dedicado a ella después de todo? ¿Y por qué eso hacía que sintiera un calorcillo por dentro? ¿Qué le importaba lo que Gavin Mason pensara de ella? El tipo era un cavernícola en lo que se refería a las mujeres.

—No puedes aparecer con Violet porque Violet no tiene nada que ponerse para una cena elegante.

—¿Por qué no?

—Porque Violet no va a cenas elegantes.

—Ah, claro, Violet sólo va a fiestas privadas ¿no? Imagino que el atuendo para ese tipo de fiestas será limitado... en todos los sentidos.

Muy bien, se había terminado. Poniendo las dos manos sobre el pecho de Gavin, Violet lo empujó con todas sus fuerzas. Y eso pareció pillarlo por sorpresa porque trastabilló, mirándola con cara de asombro.

–¡Ya está bien! No voy a permitir que entres en mi casa para ensuciar mi reputación.

Él rió, una risa ronca y masculina que, si debía ser sincera, resultaba muy sexy. Siempre le había encantado la risa de los hombres y la de Gavin iba a juego con su personalidad: segura, poderosa e impresionante.

–¿Ensuciar tu reputación? Cariño, eso lo has hecho tú misma. Puede que esto te sorprenda, considerando el mundo en el que vives, pero incluso en la sociedad decadente de hoy las mujeres que aceptan dinero a cambio de favores sexuales no tienen una reputación que ensuciar. Da igual que ahora te ganes la vida con… una parte diferente del cuerpo. Cuando se ha sido una prostituta, siempre se es…

–¡Yo no soy una prostituta! –exclamó Violet–. Y no esperarás que te haga un favor después de decir eso.

–No es un favor, es tu oportunidad de pagarme lo que me debes.

–Yo no te debo nada.

–Míralo de esta forma –siguió Gavin–. Si vienes conmigo a esa cena siendo Violet Tandy, escritora, puede que reconsidere la idea de demandarte.

–¿Qué significa eso?

–Que tal vez cambie de opinión y no lo haga.

Violet se puso en jarras, un deliberado intento de parecer menos a la defensiva y más a la ofensiva. Aunque no fuera así.

–Tal vez eso no es suficiente.

–Muy bien, *probablemente* cambie de opinión.

–Probablemente no es mucho mejor que tal vez.

–Pues claro que es mejor. Probablemente significa mucho más que tal vez.

–Pero sigue sin ser definitivo.

–Pero es mejor que tal vez –insistió Gavin–. Es la mejor oferta que voy a hacer y tienes sesenta segundos para decidirte. Un minuto, Violet. O vienes conmigo esta noche y me pensaré lo de la demanda o te demandaré por todo lo que tienes.

Ah, como que tenía alternativa. Cara, él ganaba, cruz, él ganaba también. No había ninguna garantía para ella.

Salvo la oportunidad de acudir a una elegante cena benéfica con la alta sociedad de Chicago, algo que no había hecho antes y que probablemente no volvería a hacer nunca. Tal vez allí encontraría material para su próxima novela, que iba a tratar sobre la alta sociedad de Chicago precisamente. Una novela que su editora estaba deseando recibir para capitalizar el éxito de *Tacones de aguja, champán y sexo*. De modo que tal vez no sería tan mala idea acudir a esa cena. Aparte de pasar la noche con Gavin Mason…

¡No! Pasar la noche con Gavin Mason no era un beneficio para ella, al contrario, más bien un castigo.

–Treinta segundos, Violet.

Ella hizo un recuento mental de lo que tenía en el armario, pero no se le ocurría nada… hasta que recordó un vestido negro que había comprado para la fiesta de graduación del instituto. Habían pasado diez años y sí, pesaba cinco kilos más seguramente, pero era un vestido elegante de punto de los que nunca pasaban de moda.

–Quince segundos.

El vestido, junto con una pulsera de cristales que podrían pasar por circonitas si la iluminación no era demasiado buena, y unos zapatos negros de tacón y tal vez…

–Cinco segundos, Violet. Cuatro, tres, dos…

–Muy bien, de acuerdo –lo interrumpió ella–. Iré a la cena contigo. Y tú, a cambio, has de prometer que *probablemente* cambiarás de opinión sobre la demanda.

En lugar de prometer nada, Gavin se limitó a sonreír.

–Probablemente.

No iba a sacarle nada más, se dijo a sí misma. Y al menos existía alguna posibilidad, por pequeña que fuera, de no volver a verlo.

¿Por qué eso no la hacía sentir mejor?, se preguntó. De hecho, ¿por qué se sentía peor?

Debía ser el azúcar, se dijo. Tanto helado estaba creando una tormenta de carbohidratos. Sí, tenía que ser eso. Ninguna otra explicación tenía sentido.

–¿En cuánto tiempo estarás lista? –le preguntó Gavin.

Violet miró su pijama y luego el impecable esmoquin. Nunca, pensó. Nunca estaría lista para aquel hombre.

–Quince minutos –dijo, sin embargo–. Dame quince minutos y estaré lista.

67

***

Quince minutos, pensó Gavin cuando llegaron a la puerta del salón de los Steepleton. Quince minutos había dicho y había cumplido su palabra. Con creces. Increíble. No sólo estaba guapa…. no, eso era decir poco. Estaba radiante, luminosa, increíblemente bella. Cualquier otra mujer hubiera necesitado horas para arreglarse.

El vestido negro era discreto pero elegante, con un escote un poco caído en la espalda que revelaba suficiente piel como para que un hombre quisiera ver más. La tela acariciaba sus curvas como la mano de un amante, de modo que no era modesto en absoluto. Incluso había conseguido hacerse una especie de moño que dejaba al descubierto su largo cuello y esa piel de alabastro parecía llamar a los dedos de un hombre...

Las joyas eran una sorpresa para él. Gavin había comprado suficientes diamantes en su vida… aunque nunca un anillo, eso jamás, como para saber si las joyas de una mujer eran auténticas o no. Las de Violet no lo eran. Lo normal sería que alguno de sus clientes le hubiera regalado un diamante alguna vez. En su experiencia, a los hombres que buscaban los servicios de las profesionales del sexo les gustaba regalar joyas, aunque sólo fuera para recordarles quién era el jefe. Evidentemente, los clientes de Violet nunca le habían dado nada más que la tarifa requerida. Tal vez él debería regalarle algo por…

¿Por qué?, se preguntó a sí mismo. ¿Por echarle un cable esa noche? ¿Por haberse puesto guapa en cuestión de minutos? También él se arreglaba a toda prisa. Una mujer de su profesión sabría cómo ponerse guapa para conseguir otra cita, aunque el tipo no le comprase joyas. Y, evidentemente, Violet tenía mucha práctica.

Pero cuando se volvió hacia él con una sonrisa vacilante en los labios, Gavin sintió como si le hubieran dado un puñetazo en el estómago. Porque cuando sonreía de esa forma, sin artificio ni inhibición, era mucho más que preciosa. Había en ella una ingenuidad, una inocencia que le parecía imposible fingir y por primera vez entendió por qué muchos hombres pagaban tanto dinero por acostarse con ella. Acostarse con Violet haría que uno sintiera que era el primero, que ningún otro hombre había ido por delante, que iba a dejar una marca indeleble en ella.

Tal vez no era correcto pensar esas cosas hoy en día, pero era lo que pensaba. Muchos hombres seguían sintiéndose atraídos por la noción de la virginidad. Y si esa virgen resultaba saber mucho sobre sexo, mejor aún. Era lógico que las memorias de Violet tuvieran tantos capítulos. A saber cuántos hombres habría habido antes que él...

Ese pensamiento lo detuvo. Literalmente, ya que estaba a punto de entrar en el salón con Violet. ¿Cómo podía pensar en los hombres que había habido antes que él a menos que estuviera pensando convertirse en uno de ellos?

No tuvo tiempo de seguir pensando porque la

sonrisa de Violet se amplió, revelando un hoyito en la mejilla. Maldición. La única palabra para describirlo era «encantador». Aunque ésa era una palabra que él solía evitar.

–Después de chantajearme para que viniera contigo, ¿vas a quedarte en el pasillo toda la noche?

No, claro que no. Gavin había estado en la mansión de los Steepleton en Lakeshore muchas veces desde que conoció a Richard diez años antes y sabía que tenía ocho dormitorios. Incluso había pasado por dos de ellos con dos de sus citas. Y también conocía el cuarto de baño. Y uno de los armarios. Y el cenador.

Buenos ratos, sí señor.

–Después de ti –le dijo, poniendo una mano en su cintura, el calor de su piel atravesando la tela del vestido. Era tan ajustado que casi podía sentir como si tocara su piel desnuda. Y eso, naturalmente, hizo que se preguntara si la piel de Violet sería tan suave como parecía.

Pero en cuanto la tocó ella dio un paso adelante, como si intentara escapar.

–No salgas corriendo –le advirtió en voz baja–. Y no te apartes de mí. Has venido conmigo y eso significa que tenemos una relación íntima. No hagas nada que haga dudar a los demás o tendré que reconsiderar mi oferta.

–Tu oferta sólo consiste en reconsiderar la demanda –replicó ella, sin volverse y sin mirarlo–. ¿Cómo vas a reconsiderar una reconsideración?

–Lo descubrirás si no logras convencer a todo el

mundo de que estás loca por mí y de que sólo hemos venido para mantener las apariencias…

—¿Qué?

—… y luego nos iremos de aquí para pasar el resto de la noche juntos porque no puedes apartar las manos de mí.

Violet se volvió para mirarlo, perpleja. Se había puesto colorada de nuevo, ese rubor sorprendente y erótico. Gavin consiguió controlar un suspiro, pero no tuvo tanto éxito con otra parte de su cuerpo, una parte de la que no quería perder el control en ese momento porque la chaqueta del esmoquin no lograría esconderlo.

—Espera un momento. Este trato no incluye que pretenda estar loca por ti. Se supone que he venido contigo a la cena, eso es todo.

Gavin sonrió.

—Cariño, todo el mundo sabe que la mujer que sale a cenar conmigo se acuesta conmigo. Imagino que lo sabrás porque tú misma lo escribiste sobre Ethan en tu libro.

Ella abrió la boca para contestar, pero no dijo nada. Una pena porque Gavin tenía muchas ideas sobre esa boca abierta. Por supuesto, ninguna de ellas tenía que ver con hablar…

De modo que la tomó por la cintura para entrar en el salón. A la porra las cortesías. Él no se mostraba particularmente cortés con las mujeres, ¿Por qué iba Violet a ser diferente? Especialmente, siendo la clase de mujer que no exigía cortesía sino dinero.

¿Y dónde demonios estaba el bar?

Lo encontró inmediatamente, en la misma esquina del salón donde había estado siempre. Antes de que pudiera preguntarle qué quería tomar, ella pidió una copa de champán que el camarero le sirvió con una sonrisa en los labios. Cuando el hombre se volvió hacia él, Gavin le pidió un whisky de malta con muy malos modos y, sin darle las gracias, se llevó después a Violet hacia un grupo de gente.

—Has sido muy grosero —lo regaño ella en voz baja.

—¿Qué? ¿Cuándo?

—Con el camarero, ni siquiera le has dado las gracias.

—¿Por qué iba a darle las gracias a un camarero por hacer su trabajo?

—Porque es un gesto amable —contestó ella—. Porque hace que esa persona se sienta apreciada.

—¿Y a quién le importa que se sienta apreciado o no? Es un camarero —replicó Gavin—. No está intentando curar el cáncer o llevar la paz al mundo.

Violet lo miró con cara de sorpresa.

—No, pero ha hecho la fiesta más agradable para ti sirviéndote un whisky y, por lo tanto, deberías darle las gracias. Una persona bien educada lo haría.

¿Cómo podía importarle tanto el camarero?, se preguntó Gavin. ¿Quién se fijaba en esas cosas? Eran invisibles para él. O lo serían si Violet no hubiera dicho nada.

—Vamos —dijo, volviendo a tomarla por la cintura—. Quiero que esas personas de ahí nos vean juntos.

No estaba seguro del todo, pero le pareció que Violet dejaba escapar una especie de gruñido que le resultó muy erótico. Pero había pocas cosas en Violet esa noche que no le pareciesen eróticas, de modo que no era tan sorprendente.

—Muéstrate sexy durante unos minutos y luego iremos a saludar a otro grupo. Si haces bien tu papel, podré llevarte a casa a medianoche. Como si fueras Cenicienta.

Capítulo Seis

Cenicienta. Sí, Violet se sentía un poco como Cenicienta esa noche. Si estuviera en aquella fiesta con el príncipe azul y no con aquel grosero. De verdad, ¿cómo era posible que ninguna chica saliera con Gavin Mason más de una vez? Le daba igual lo guapo que fuera, o lo rico o sexy o guapo o…

¿Dónde estaba?

Ah, sí. Le daba igual lo rico y guapo que fuera Gavin Mason. Si era así como se portaba con las mujeres, o con cualquiera, ella no quería estar ni cinco minutos con él. Desgraciadamente, si quería librarse de su estúpida demanda tendría que tolerarlo durante el resto de la noche.

Aquel sitio era asombroso, pensó, tomando un sorbo de champán. Los Steepleton debían ser inmensamente ricos. El vestíbulo de la mansión era como sacado de un cuento de hadas, con suelos que parecían espejos y cuadros valiosísimos en las paredes.

Y el salón de baile era magnífico, con satinados suelos de marquetería y una enorme lámpara de araña colgando de un techo que parecía un cielo renacentista, querubines incluidos. Allí no había paredes, sólo ventanales que daban a un fabuloso jardín. Violet vio lamparitas chinas encendidas y a varios de los invitados que habían salido a fumar o charlar.

Gavin la llevó hacia el grupo de gente que, según él, tenía que verlos juntos. Había tres mujeres, las tres guapísimas, las tres con vestidos de diseño y joyas de escándalo. Violet había pensado que iba a presentarle a sus amigos, pero lo que hizo fue dejar su copa en la bandeja de un camarero junto con su vaso de whisky antes de tomarla entre sus brazos para ponerse a bailar.

Pero Violet no sabía bailar. Algo evidente cuando le dio un pisotón.

—¡Ay! ¿Por qué has hecho eso?

—Perdona, ha sido sin querer. Pero deberías haberme advertido que habría baile.

—Esto es un salón de baile y la mitad de la gente está bailando. ¿Por que tendría que advertirte?

Violet no quería decirle que no sabía bailar. De repente, se sentía incómoda allí, entre aquella gente, y no sabía cómo portarse. Se daba cuenta de que las demás invitadas llevaban vestidos carísimos y estaba segura de que ninguna de ellas había pasado por *La comidilla de la ciudad* para alquilar nada. Y, por su forma de hablar y reírse, estaba claro que se conocían, que eran del mismo mundo. Incluso su postura, su forma de beber, era diferente a la de la gente normal, la gente como ella.

Se sentía fuera de lugar en una casa como aquélla, con gente como Gavin. Era de aquello de lo que escribía en sus novelas, pero su versión no era nada comparada con la realidad. Al menos, en sus novelas los personajes, gente como ella, encontraban la manera de sentirse cómodos. La realidad…

–¿Violet?

La voz de Gavin interrumpió sus pensamientos.

–¿Qué necesitas, cariño, una invitación?

–No, pero un par de lecciones me vendrían bien –dijo ella, suspirando.

Su admisión lo tomó por sorpresa.

–¿Estás diciendo que no sabes bailar?

–No sé bailar. No lo he hecho nunca.

Gavin abrió la boca para decir algo, pero la cerró enseguida. Luego, sin decir nada, tomó su mano y la llevó hacia una alcoba a un lado del salón. Allí se detuvo, poniendo una mano en la cadera de Violet y sujetando la otra a la altura de su pecho.

–Toma mi mano.

–¿Y la gente del salón, ésa que tenía que vernos juntos?

–Estarán ahí toda la noche, hay mucho tiempo –dijo él–. Además, no quiero que me vean con alguien que no sabe bailar.

Ah, claro. Ella pensando que tal vez se había compadecido y quería que se sintiera cómoda… ja.

–Pon tu mano izquierda sobre mi hombro.

Violet levantó la mano, pero vaciló antes de tocarlo. De repente se daba cuenta de lo cerca que estaban, más cerca incluso que en su despacho. Y, como había pasado entonces, le pareció que el aire se calentaba y el aroma de su colonia asaltaba sus sentidos. Se fijó en los pómulos altos, en la mandíbula cuadrada y los ojos azules rodeados de largas pestañas negras.

Como había ocurrido entonces, su corazón empezó a latir más deprisa y el mundo entero pareció encogerse hasta que sólo estaban ellos dos.

–Pon la mano en mi hombro –repitió Gavin.

Después de vacilar durante un segundo, Violet hizo lo que le pedía. La tela de la chaqueta era muy suave y, tontamente, pensó que podía sentir el calor de su piel en la palma de la mano. Por supuesto, era cosa de su imaginación.

–Haz lo que hago yo. Doy un paso adelante…

Violet dio un paso adelante, pero entonces se dio cuenta de que había entendido mal. Si él daba un paso adelante, ella tendría que dar un paso atrás. El resultado fue que acabaran chocando.

Sonriendo, Gavin murmuró una disculpa.

–Bueno, a ver, yo te digo lo que voy a hacer y tú me sigues, ¿de acuerdo?

Aquello era muy raro pensaba Violet. ¿Qué había sido del irritante y exigente Gavin Mason? ¿Se lo habían llevado unos extraterrestres? ¿Y por qué estaba quejándose? Un extraterrestre sería mejor compañía que él.

–Muy bien, lo intentaré.

–Voy a dar un paso adelante…

Esta vez, Violet estaba preparada y dio un paso atrás.

–Y ahora, mueve la otra pierna hacia atrás.

Mientras lo hacía, Violet intentaba no notar como el roce de sus piernas generaba un calor que sentía en sitios muy diferentes a la pierna.

–Ahora voy a dar un paso hacia la izquierda… y otro paso atrás…

Violet dio un paso adelante al mismo tiempo.

–Enhorabuena, señorita Tandy, lo estamos consiguiendo.

–Vamos a hacerlo otra vez. Más rápido, pero no demasiado.

Sonriendo, Gavin asintió con la cabeza. Mientras lo hacían, Violet se dio cuenta de que seguían el ritmo de la música que sonaba en el salón. Poco a poco, empezó a sentirse más cómoda y unos minutos después estaban bailando de verdad.

Sabía que era una tontería ponerse tan contenta por algo así, pero no podía evitarlo. Cuando por fin se sintió lo bastante segura como para no mirar sus pies, miró a Gavin con una sonrisa en los labios.

–Gracias –le dijo.

Él pareció sorprendido.

–¿Por qué?

–Por enseñarme a bailar, señor Mason –contestó ella, volviendo a la antigua formalidad del trato–. Es un detalle encantador.

–¿Encantador? –repitió Gavin–. Ése no es un adjetivo que mucha gente pueda atribuirme.

–Tal vez deberías enseñar a más gente a bailar.

Él abrió la boca como para decir algo, pero se limitó a sonreír mientras, poco a poco, la sacaba bailando de la alcoba. La música era más rápida en aquel momento, pero Gavin no perdió el paso... y tampoco lo hizo Violet. No sabía cómo lo hacía, debía ser cosa de su compañero. Pero durante el resto de la pieza, Gavin y ella se movieron como una pareja de baile de un lado al otro del salón.

Lo estaba pasando tan bien que olvidó que debía estar enfadada con él por un millón de razones. Hasta que Gavin miró por encima de su hombro y comentó:

—Estamos aquí para dar la impresión adecuada, no para bailar toda la noche.

Violet vio al mismo grupo de gente al que habían estado a punto de acercarse antes de empezar a bailar, incluyendo el hermoso trío de mujeres, una rubia, otra morena, la otra pelirroja. Todas espectaculares y todas con gran potencial genético en lo que se refería a llenar… la parte superior de sus vestidos.

Sin pensar, Violet se miró a sí misma. Aunque llevase escote, en su caso no tendría el mismo efecto y mientras Gavin la llevaba bailando hasta el grupo empezó a sentirse como si fuera un murciélago a punto de chocar con un grupo de aves del paraíso.

En el grupo también había varios hombres, todos tan guapos como ellas e igualmente elegantes. No sabía de qué podría hablar con ellos, pero Gavin se limitó a saludarlos con la cabeza y le preguntó a uno de ellos, uno que estaba tocando el trasero de la rubia, qué tal su mujer con los gemelos. Luego, sin esperar respuesta, llevó a Violet al bar y pidió dos copas.

—¿No vas a presentarme a tus amigos? —le preguntó ella, mirando de soslayo al grupo que no dejaba de observarlos.

Gavin tomó la copa de champán y el vaso de whisky y le dio las gracias al camarero, algo que la sorprendió.

–No merecen que les presente a alguien como tú.

Y así, de repente, la magia desapareció. Por supuesto no iba a presentarle a nadie. Gavin pensaba que era una prostituta.

Pero él pareció entender inmediatamente lo que estaba pensando porque se apresuró a aclarar:

–No, no es eso. Quiero decir que no merecen una presentación porque no son mis amigos. Son una gente espantosa, tú estás muy por encima de ellos.

Sí, porque eran gente «espantosa». Gente que tocaba el trasero de una mujer mientras su esposa estaba en casa cuidando de los gemelos. Incluso una prostituta estaba por encima de eso.

–Me han visto contigo pasándolo bien y eso es todo lo que importa.

Claro, lo importante era que Gavin fuese visto con una mujer con la que todos creerían que iba a pasar la noche. Porque, al contrario que Ethan, él no tenía que pagar a una mujer para mantener relaciones sexuales.

Sí, seguro, lo estaban pasando bien. ¿Cuánto faltaba para que dieran las doce?

Capítulo Siete

Gavin no sabía qué había pasado, pero cuando llevó a Violet a su casa, a medianoche como le había prometido, ella estaba obviamente enfadada. Y mientras subían por la oscura escalera hasta su apartamento, pensó que aquél no era un sitio seguro para una mujer que vivía sola…

No podía ser un sitio seguro para una mujer que vivía sola. Estaba en un barrio marginal y el edificio apenas tenía luces. ¿Por qué una mujer que debía haber ganado mucho dinero como acompañante de lujo, por no hablar del dinero que había ganado con sus memorias, viviría en un sitio como aquél?

Una pregunta más para añadir a una larga lista de preguntas que Gavin se había estado haciendo a sí mismo desde que conoció a Violet Tandy. No sólo el discreto vestido y las joyas falsas o cómo trataba a la gente sino, por ejemplo, que no supiera bailar. Las acompañantes profesionales no ganaban todo el dinero en el dormitorio. Cuando un hombre de cierta edad contrataba a una de esas mujeres, a menudo era para que lo acompañase a algún evento. El objetivo era que la gente pensara que seguía siendo un semental, por supuesto. Y sí, para acostarse con la mujer después del evento… aunque fuese más bien un viejo rocín.

En cualquier caso, Gavin pensaba que una chica como ella sería una experta en bailar el tango. ¿Cómo había logrado Violet tener clientes si ni siquiera sabía bailar?

–Gracias por acompañarme –dijo ella cuando llegaron a la puerta de su apartamento–. Adiós.

Traducción: desaparece de mi vista.

No había ninguna razón para que se quedara allí. Aunque un absurdo sentimiento de caballerosidad lo hubiese obligado a subir con ella. Debería marcharse, se dijo. Entonces, ¿por qué seguía allí?

–¿No vas a invitarme a tomar una copa?

Ella vaciló un momento, aunque no sabía si era porque la pregunta la había pillado por sorpresa o porque estaba pensándoselo.

–No deberías beber más si tienes que conducir.

–Sólo he tomado una copa en la fiesta.

–Pues eso, ya has tomado una copa y no deberías tomar más porque se te podría subir a la cabeza.

–Podrías darme algo de comer. Y me la tomaría despacio –insistió él.

De nuevo, Violet vaciló antes de contestar:

–Gracias por llevarme a la fiesta. Aunque no me has dado tiempo para arreglarme y aunque prácticamente me has chantajeado para que fuese contigo.

Ah, claro, se le había olvidado. Tal vez por eso no quería invitarlo a entrar.

–Ahora que he cumplido con mi parte del trato –añadió Violet– es hora de que tú hagas lo mismo. Vete a casa y reconsidera lo de la demanda. Vete a casa y *probablemente* cambia de opinión.

Eso era lo que le había dicho que haría, ¿no? Y, sin embargo, la demanda era lo último en lo que quería pensar en ese momento. Lo cual era muy extraño porque apenas había podido pensar en otra cosa durante las últimas dos semanas.

—Esperaré aquí mientras entras. Nunca se sabe qué clase de gente podría estar esperando al otro lado.

—Dímelo a mí.

Gavin no estaba seguro, pero tenía la impresión de que pensaba en alguien en particular al decir eso. En una palabra: él.

—No te preocupes, no tengo prisa.

Violet dejó escapar un suspiro, pero abrió el bolso para sacar las llaves. Y, de nuevo por ese sentido extraño de la caballerosidad que lo atacaba últimamente, Gavin le quitó las llaves de la mano para abrir la puerta. Antes de que ella pudiera decir nada, entró en el pasillo y encendió la luz.

—Ah, qué bien, no hay nadie —bromeó Violet.

Por alguna razón, ese comentario hizo que Gavin se sintiera un poco mejor.

—Afortunadamente.

—Ahora puedes irte a casa con la conciencia tranquila. Y espero que *probablemente* cambies de opinión sobre demandarme.

De verdad le gustaría que dejase de tomarle el pelo sobre el asunto.

—Buenas noches, Gavin.

Concediendo la derrota, él le devolvió las llaves, aunque no entendía la desilusión que sintió al ver que ella cerraba la mano.

–Gracias por ir conmigo. Sé que no te he dejado alternativa, pero… –Gavin se encogió de hombros–. Gracias.

Violet lo miró a los ojos durante un segundo, sin decir nada. Y en ese momento Gavin notó una diminuta cicatriz en su mejilla en la que no se había fijado antes. Aunque debería haber estropeado un rostro tan bello, en realidad le daba carácter, personalidad. Ni siquiera algo que debería ser un defecto podía estropear la perfección de sus facciones.

Sin darse cuenta de lo que estaba haciendo, pasó la yema del dedo por la cicatriz.

–¿Qué te pasó?

Violet puso una mano sobre su cara, como si quisiera tapar una cicatriz que apenas era visible.

–Nada importante –contestó–. Cuando tenía ocho años, una de mis hermanas y yo estábamos fregando los platos y se rompió un vaso de cristal. Un trocito de cristal me saltó a la cara y seguramente deberían haberme dado un par de puntos, pero… –Violet tragó saliva– no me los dieron.

A Gavin no se le había ocurrido pensar que Violet debía tener familia en algún sitio. Padres y hermanos. Había dicho «una de mis hermanas», de modo que debía haber más. ¿Por qué se habría alejado de su familia? Porque tenía que haberse alejado de ellos. Las mujeres no se hacían prostitutas si tenían una buena relación con sus familias, ¿no?

–¿Cuántas hermanas tienes?

–Hermanas biológicas ninguna –respondió Violet.

–Ah.

–Mira, es tarde y deberías marcharte.

No tenía que decírselo dos veces, pensó Gavin. Aunque ya se lo había dicho dos o tres.

De repente se sentía incómodo, como un adolescente llevando a casa a su primera cita.

–En fin, buenas noches y gracias otra vez.

Se maldijo a sí mismo por portarse como un tonto, pero luego, sin pensar, se inclinó para darle un beso en la cara. No sabía por qué. No sólo eran supuestamente adversarios, a pesar de haber ido a la fiesta juntos, sino que él no había besado a una mujer en la mejilla en su vida. Ni siquiera en el patio del colegio, a los diez años, cuando le dio a Mary Jane Pulaski el primer beso de su vida. Pero entonces la había besado en la boca… bueno, ésa era la intención aunque al final se lo había dado en la oreja.

Violet dejó escapar un gemido, pero no lo apartó de un empujón como había hecho Mary Jane Pulaski. No le tiró una zapatilla como había hecho Mary Jane Pulaski tampoco. Pero sí puso una mano sobre su torso como diciendo: «no». Y cuando Gavin la miró a la cara vio que se había puesto colorada, otra vez.

No sabía qué hacer o qué decir. Pero tal vez por el desafío que representaba esa mano en su torso, o tal vez empujado por algo en lo que no debería pensar, bajó la cabeza y esta vez se apoderó de su boca.

Contuvo el aliento mientras la besaba, esperando para ver qué hacía, algo que tampoco había hecho nunca. Nunca se había sentido inseguro mientras besaba a una mujer, nunca había dudado de su reacción. Fue esa duda lo que hizo que el beso le pareciese más de lo que debería. Ésa tenía que ser la razón por la que sintió como si la tierra se abriera bajo sus pies. La razón por la que sentía como si estuviera besando a una chica por primera vez.

Fue eso lo que hizo que se apartara. Pero cuando la miró y vio que tenía los ojos cerrados y los labios entreabiertos, como si esperase que siguiera, inmediatamente volvió a apoderarse de su boca. Y esta vez...

Esta vez, nada más importaba.

Vagamente, notó que la mano que Violet había puesto sobre su torso estaba enganchaba a la tela de su camisa. Registró el calor de su boca, sintió la curva de su cadera bajo la mano y se dio cuenta entonces de que había puesto la mano allí sin saberlo. Nunca se había tomado el tiempo necesario para notar lo sensuales que podían ser las curvas de una mujer, lo eléctrico que podía ser el sabor de unos labios. Tantas cosas nuevas en una sola noche. Y todo por Violet.

Cuando levantó la mano para acariciar sus pechos ella dejó escapar un gemido y lo empujó, dando un paso atrás. Lo miraba con cara de desconcierto, llevándose una mano a la boca como para negar lo que había pasado.

–¿Por qué has hecho eso?

Lo único que Gavin pudo hacer fue negar con la cabeza. No sólo porque no sabía cómo responder a la pregunta sino porque había un millón de preguntas más dando vueltas en su cabeza.

Notó entonces que a Violet le temblaban las manos mientras se colocaba un mechón de pelo que había escapado del moño.

–Tienes que irte, Gavin.

–No eres una prostituta, ¿verdad?

No había planeado preguntar porque en realidad no necesitaba respuesta. Una parte de él debía saber la verdad desde el principio. ¿Qué otra cosa podía explicar ese apartamento, el sencillo vestido, las joyas falsas o que no supiera bailar? ¿O cómo lo había besado, como si fuera la primera vez?

Evidentemente no era virgen, pero tampoco era una mujer experimentada.

–Pues claro que no. Te lo he dicho cien veces.

–¿Pero entonces…?

–Lo que no entiendo es por qué todo el mundo se niega a creer que mi libro es una novela, una obra de ficción, no unas memorias de verdad. Lo dice claramente en la contraportada.

–Imagino que todo el mundo piensa que los autores escriben sobre lo que saben. Además, tú escribes muy bien.

–Si los autores sólo escribieran de lo que saben, el mundo estaría lleno de libros aburridos. No todos podemos ser Ernest Hemingway.

Y, afortunadamente, ella no lo era, algo por lo que Gavin se sentía agradecido. En realidad, se sentía agradecido por muchas cosas, pero no quería pensar en ello de momento. De hecho, lo único que quería hacer era besarla de nuevo, de modo que dio un paso adelante…

Violet no sabía cómo había ocurrido. Sólo sabía que, de repente, Gavin estaba besándola otra vez y que ella sentía lo que había sentido mientras la enseñaba a bailar en la mansión de los Steepleton, pero un millón de veces más potente. Era la clase de sensación que hacía que una persona se sintiera cerca de otra. La clase de sensación que ella no había experimentado nunca. Era como si una puerta se abriese dentro de ella liberando algo que había estado cautivo durante todos esos años. Y quería seguir sintiéndolo, quería ver lo lejos que podía llegar.

Pero cuando los dedos de Gavin se clavaron insistentemente en su cadera, todos esos pensamientos se evaporaron. Había pasado tanto tiempo desde que un hombre la tocó íntimamente. Tanto tiempo desde que sintió una oleada de deseo. Tanto tiempo desde que la habían deseado y ella deseó a alguien.

Demasiado tiempo.

Sin dejar de besarla, Gavin deslizó una mano por sus costillas y Violet contuvo el aliento cuando se detuvo en la curva de su pecho. Pensó que iba a acariciarla allí, pero siguió la línea del sujetador hasta su espalda, extendiendo el calor por donde pasaba su mano. Y luego puso la otra en su torso, deslizándola hasta llegar a la curva de sus pechos.

Y le gustó tanto que no quería que parase.

Sin darse cuenta de lo que estaba haciendo, Violet levantó las manos para acariciar su pelo. Y ése pareció ser todo el ánimo que Gavin necesitaba porque de inmediato deslizó sinuosamente la lengua en su boca. Vagamente, Violet notó que bajaba la cremallera del vestido para desabrocharle el sujetador y no opuso resistencia cuando tiró hacia abajo, al contrario, empezó a aflojar el nudo de su corbata y desabrochó la camisa para acariciarlo. Y lo que había debajo de la tela era una colección de músculos y tendones, una piel sedosa cubierta de suave vello oscuro. Sus hombros eran como montañas de seda, su estómago tan duro y plano como una plancha de hierro. Y su espalda… oh, su espalda. Parecía haber acres de terreno allí y cada centímetro era de acero satinado.

Gavin inclinó la cabeza para besar su cuello y si Violet tenía alguna duda sobre lo que estaban haciendo, y le sorprendía darse cuenta de que no tenía ninguna, eso habría hecho que se evaporasen.

No sabía cuándo había pasado, cuándo había nacido ese deseo, sólo sabía que no quería que terminase nunca. Cuando volvió a besarla, le devolvió el beso con un ansia, con una pasión que no había sentido jamás y durante largo rato estuvieron así, besándose en el pasillo, desnudándose el uno al otro sin decir nada.

Violet sentía sus manos por todas partes, acariciando su espalda desnuda, sus hombros, apretando su cintura. Gavin levantó sus pechos con las dos manos, acariciando las aureolas con los dedos, y cuando ella dejó escapar un gemido se apoderó de su boca fieramente. Y mientras la besaba y la acariciaba, Violet tenía que hacer un esfuerzo para que no se le doblasen las rodillas.

Sintió que tiraba hacia abajo del vestido para dejarlo caer al suelo y, como respuesta, buscó la cremallera de su pantalón. Mientras él acariciaba su trasero, ella metió la mano en la abertura del pantalón y contuvo el aliento al notar que estaba preparado, grueso y duro como una piedra.

Gavin dio un respingo cuando empezó a acariciar su miembro. Se quedo inmóvil mientras ella pasaba la mano arriba y abajo y dejó escapar un gemido ronco cuando acarició el extremo.

Y luego, antes de que Violet se diera cuenta de lo que estaba pasando, la tomó en brazos para llevarla al dormitorio. En cuanto la dejó en el suelo, los dos empezaron a quitarse lo que les quedaba de ropa.

—Eres tan hermoso…

No se dio cuenta de que lo había dicho en voz alta hasta que lo oyó reír. La miraba con ojos ardientes, el pelo oscuro cayendo sobre los tumultuosos ojos azules.

—No —murmuró—. *Tú* eres preciosa.

Un cumplido muy sencillo, pero que lo dijese en voz alta, y cómo lo dijo, hizo que se sintiera la criatura más bella del planeta.

—¿Qué estamos haciendo, Gavin?

—¿No es evidente?

Ella sonrió.

—Sí, bueno, tal vez la pregunta debería ser: ¿por qué estamos haciendo esto?

—¿No es evidente? —repitió Gavin.

—No dejo de pensar que no es buena idea.

—Entonces deja de pensar, Violet. Y empieza a sentir.

Y, sin darle oportunidad de hacer nada más, inclinó la cabeza para besarla de nuevo, con más ansia que antes si eso era posible. Mientras lo besaba, Violet tiró de sus pantalones y sus calzoncillos a la vez, aunque ella aún seguía llevando las braguitas. Cuando se irguieron de nuevo, Gavin puso las manos sobre sus pechos, acariciando las sensibles puntas con los dedos hasta que Violet no sólo no podía pensar sino que apenas recordaba su nombre.

Sin decir nada, Gavin se dejó caer sobre la cama y tiró de ella para sentarla a horcajadas sobre sus rodillas. Envolviendo los brazos en su cintura, buscó primero un pecho y luego el otro con los labios mientras ella echaba la cabeza hacia atrás, con los ojos cerrados, el deseo recorriendo todo su cuerpo.

Cuando metió una mano entre sus piernas para acariciarla con dedos expertos por encima de las húmedas braguitas, Violet, por instinto, se levantó un poco como para escapar de aquellas caricias que la volvían loca. Pero él la encontraba siempre, acariciando su zona más sensible una y otra vez.

Violet gritó cuando la oleada de placer fue demasiado para ella y Gavin pareció intuir lo cerca que estaba porque inclinó la cabeza para buscar uno de sus pezones con los labios, acariciándola hasta que los temblores cesaron.

Después, la tumbó en el centro de la cama y tiró de sus braguitas. Violet levantó las caderas para ayudarlo y quedó completamente desnuda, como él. Por un momento, ninguno de los dos parecía saber qué hacer. Pero entonces Gavin tomó su mano y la puso sobre el triángulo de rizos entre sus piernas. Ella lo miró, indecisa.

–No entiendo…

–Tócate para mí.

Violet levantó una ceja.

–¿Quieres que…?

–Sí.

–Pero…

Gavin puso una mano sobre la suya, empujando un poco para que sintiera la humedad de su propia respuesta antes de soltarla.

–Tócate –repitió.

Tentativamente, Violet repitió la acción. Sin pensar, se llevó la otra mano a los pechos, tomando un pezón entre los dedos para darse placer.

La espiral de calor que había nacido en su vientre cuando Gavin la sentó sobre sus rodillas se incrementó mientras se tocaba a sí misma, multiplicándose al ver la pasión en el rostro masculino.

Una y otra vez, se acarició a sí misma, incluso penetrándose con los dedos, abriendo las piernas para facilitar la acción y haciendo que Gavin dejase de respirar. Cuando las caricias se intensificaron, él empezó a murmurar instrucciones en su oído, palabras eróticas sobre lo que estaba haciendo y lo que él le haría después.

Entonces, de repente, Gavin la tomó por la cintura para darle la vuelta, tumbándola sobre la cama con la cara en la almohada. Vagamente, Violet registró que estaba poniéndose un preservativo y no cuestionó de dónde había salido… un hombre como él seguramente iba siempre preparado. Luego, sujetando sus caderas con dedos firmes, se puso de rodillas detrás de ella y empujó violentamente.

Violet jamás se había sentido tan llena, tan completa. Excitada, gritó mientras echaba el trasero hacia atrás. Gavin se apartó unos centímetros y luego empujó hacia delante de nuevo, enterrándose profundamente en ella hasta que Violet no sabía dónde empezaba su cuerpo y terminaba el de ella.

Una y otra vez la penetró de esa manera, sus movimientos poderosos, vigorosos e intensos. Pero luego tiró de ella para darle la vuelta.

–Quiero ver tu cara cuando ocurra –dijo con voz ronca.

Después de enredar las piernas de Violet en su cintura, volvió a embestirla de nuevo una y otra vez. El clímax llegó casi inmediatamente, con la fuerza de una tormenta, pero Gavin aún no había terminado y, sin dejar de empujar, la acarició entre las piernas, llevándola a un segundo cataclismo. Violet lo oyó gritar al mismo tiempo que ella y, un segundo después, sintió que caía sobre la cama, a su lado.

Nunca en su vida había experimentado las sensaciones y emociones que Gavin despertaba en ella y lo único que quería en ese momento era experimentarlas de nuevo. Pronto, muy pronto. Cuando recordase quién era y dónde estaba...

Capítulo Ocho

Gavin miraba a una Violet dormida, la luz de la luna que entraba por la ventana iluminando su espalda desnuda. Tenía una mano sobre la almohada, cerca de su cara, como agarrando algo precioso e invisible. Que lo era, pero Gavin no quería pensar en eso.

Las sábanas tenían un estampado de gatitos.

Nunca en su vida había salido con una mujer que tuviera sábanas así. Y el resto de la habitación era del mismo estilo, con flores y cenefas, encajes y volantes.

Intentó no despertarla mientras se incorporaba para ponerse los calzoncillos y el pantalón. También se puso la camisa, pero no se molestó en abrocharla y, después de mirar por última vez a Violet, salió del dormitorio. El sexo siempre le abría el apetito, especialmente cuando era tan vigoroso como aquella noche. Y especialmente si no había cenado.

Cuando encendió la luz de la cocina se quedó sorprendido al ver lo pequeña que era. Buscó algo de comer en los armarios, pero no encontró más que una caja de caramelos. Afortunadamente, la nevera estaba llena… pero de cosas como yogur, fruta, verdura y queso. Se decidió por esto último y, después de cortar un par de peras, encontró una barra de pan del día en una cesta y una botella de vino detrás de una planta al lado del fregadero.

No estaba mal, pensó. Encontró dos copas, de distintos juegos, y después de colocarlo todo en una bandeja, se dirigió al dormitorio. Su plan era servirle el desayuno en la cama, pero cuando pasaba por el salón se fijó en una vela sobre un montón de papeles y decidió que quedaría bien en la bandeja.

Cuando iba a tomarla se dio cuenta de que los papeles eran recortes de revistas y en el primero había una fotografía muy familiar sacada de un artículo sobre casas en la revista *Chicago Homes*. Muy familiar porque era su casa.

Gavin dejó la bandeja sobre la mesa y se sentó en el sofá. Todos los recortes eran fotografías de casas de ensueño, junto con artículos sobre los hombres más ricos de la ciudad. Había información sobre los mejores sastres, los mejores diseñadores… incluyendo una foto de *GQ* con un modelo que llevaba un traje de Canali, de cachemir, por supuesto, zapatos Santoni, corbata de Hermès y una camisa de algodón de Ferragamo.

Era el atuendo que Violet había descrito en el capítulo veintiocho de su libro, en el que la protagonista, Roxanne, conocía al famoso Ethan. El conjunto era casi idéntico a uno que tenía él. Ahora que lo pensaba, él mismo podría haberlo comprado después de ver la revista.

Encontró también artículos sobre puros, whisky,

coñac, músicos de jazz… y también uno sobre el gimnasio en el que *él* hacía ejercicio, críticas de restaurantes a los que *él* solía acudir, artículos sobre las exclusivas tiendas donde *él* compraba…

Y uno sobre la exclusiva tienda francesa que hacía ropa interior de seda para caballeros.

Gavin sacudió la cabeza. Evidentemente, tanto Violet como él habían copiado los modelos del mismo sitio. Pero mientras ella lo había convertido en ficción, él intentaba hacerlo real, hacerse real a sí mismo. Salvo que, ahora que lo pensaba, era un cliché. Debido a sus humildes orígenes había tenido que educarse a sí mismo, como Violet, para entrar en el grupo de los elegidos. Seguramente había consultado las mismas fuentes que Violet, por eso Ethan y él tenían tanto en común.

En realidad, él era el capítulo veintiocho de su libro. Pero era él mismo quien había creado el personaje, no Violet. O, al menos, había creado a Ethan antes que ella. Era extraño que los dos pensaran de manera similar sobre algo así.

Mientras miraba los artículos se dio cuenta de que había páginas impresas con anotaciones y correcciones. Debían ser para su nuevo libro, sin duda. Incapaz de evitarlo, colocó las páginas en orden y empezó a leer.

Pero de inmediato deseó no haberlo hecho porque uno de los pasajes describía una confrontación entre la protagonista y un «personaje» llamado Mason Gavin que, enseguida resultó evidente, era un auténtico canalla. Aunque, afortunadamente, al menos era guapo…

Mason Gavin era un horror; la clase de hombre que pasaría frente a un vagabundo bajo la nieve en la puerta de un restaurante de cinco tenedores sin mirarlo siquiera. He trabajado para muchos excéntricos egoístas en mi vida, pero aquel hombre se llevaba la palma.

Vaya, pensó Gavin, aparentemente Mason Gavin no iba a quedar muy bien en el relato.

Un metro ochenta y siete y ochenta y cinco kilos de ogro.

Por favor, pensó Gavin. Él media un metro noventa y pesaba noventa kilos. Noventa kilos de puro músculo.

Era el tipo de hombre que le daría una patada a un gatito callejero. Y yo sabía que si podía hacer eso con un animal indefenso, no dudaría un segundo en destrozar mi vida.

Gavin siguió leyendo, cada vez más molesto. Había oído historias sobre autores que creaban a los personajes de sus novelas basándose en enemigos a los que hacían sufrir muertes terribles, pero Violet no parecía querer matar a Mason Gavin. No, sólo quería insultarlo y ridiculizarlo.

Cuando terminó la última página, empezó a colocar los papeles para dejarlos como los había encontrado… pero entonces oyó un ruido y, al levantar la mirada, se encontró con Violet apoyada en el quicio de la puerta, de brazos cruzados.

También se había vestido, más o menos, y llevaba un pantalón de pijama con estampado de copos de nieve y una camiseta corta que dejaba al descubierto su estómago.

—Estaba un poco enfadada contigo el día que escribí ese capítulo, pero pensaba cambiar el nombre. No quiero que me demandes otra vez.

Había algo en su tono que contrastaba con su postura despreocupada, aunque no sabía por qué. Sí, lo habían pasado bien en la cama, pero por la mañana la gente a menudo lamentaba lo que había hecho.

—Lo que creo —empezó a decir Gavin, mirando los papeles. Pero en lugar de terminar la frase dejó escapar un suspiro—. ¿De verdad soy tan horrible?

—Al principio sí —contestó ella—. Pero imagino que al principio tal vez tenías razones para serlo.

—No, no las tenía. Ahora me doy cuenta.

Violet se acercó al sofá, pero no se sentó a su lado.

—Debería haberte enseñado todo esto desde el principio, eso nos hubiera ahorrado muchos problemas. Tal vez si hubieras visto que Ethan era un personaje universal y que no había nada en mi investigación que tuviese que ver contigo…

—Salvo mi ático.

—¿Qué quieres decir? El ático de Ethan lo saqué de una revista, *Chicago Homes*. Estoy usándolo para mi nuevo libro porque me gusta muchísimo.

—Pero ese artículo se hizo en mi casa. El ático es mío.

—¿Qué?

Gavin le indicó que se sentara a su lado mientras buscaba el recorte y, aunque vaciló un momento, al final Violet se sentó… en una esquina, sin rozarlo.

Gavin no entendía por qué se mostraba tan distante después de lo que había habido entre ellos y tampoco sabía si debía preguntárselo. Cada cosa a su tiempo.

–Mira –le dijo, señalando una línea en el primer párrafo–. Identifica la residencia de Chicago como la del presidente de GMT, Gavin Mason.

Violet leyó la frase, sorprendida.

–Te juro que no tenía ni idea, no me fijé en eso. Lo que me interesaba era la casa…

–No te preocupes, lo entiendo. Aunque lo hubieras leído seguramente olvidaste mi nombre.

–¿Entonces me crees? ¿Por fin estás convencido de que no eres Ethan?

–Sí.

–La novela sólo puede ser un trabajo de ficción –siguió ella–. ¿Una mujer que no se siente humillada en el mercado del sexo? ¿Una mujer que controla su destino en un mundo dominado por los hombres cuando se dedica a vender su cuerpo? ¿Una mujer que encuentra gratificación cada vez que mantiene relaciones sexuales, con todos los hombres, y siempre tiene orgasmos? Por favor…

Gavin estaba sonriendo, pero dejó de hacerlo al escuchar la última frase.

–¿Eso significa que has fingido algún orgasmo?

Violet se mordió los labios.

–Todas las mujeres lo hacen alguna vez.

–¿Y tú… lo has hecho esta noche? –le preguntó

él, sorprendiéndose a sí mismo. Nunca se había preguntado si una mujer fingía el orgasmo y, en realidad, no sabía si le hubiera importado mientras él hubiese encontrado satisfacción. Pero le importaba lo que hubiera sentido Violet. Y mucho.

Ella soltó una carcajada.

–Lo dirás de broma, ¿no? ¿Cómo puedes preguntar eso?

Gavin tuvo que contener un suspiro de alivio.

–¿Eso es un no?

–¿Tengo que decirlo?

–Sí.

–No.

Violet se puso colorada de nuevo y él pensó que nunca dejaría de fascinarlo.

–Bueno, imagino que esto significa que no vas a demandarme, ¿no? –le preguntó ella, apartando la mirada.

–Sé que la novela es un trabajo de ficción y que no soy Ethan. Y sé que nunca has trabajado como prostituta.

–Si pudiera convencer a todo el mundo de eso… –Violet suspiró–. Yo no soy Raven French, soy Violet Tandy. Soy igual que todo el mundo.

Bueno, eso no era verdad. Violet Tandy no era igual que todo el mundo. De hecho, no se parecía a nadie, pensó Gavin. ¿Pero quién era aquella chica? ¿Y por qué quería averiguarlo?

–Eso va a ser un problema, para los dos.

–¿Por qué? En realidad, tampoco es un problema para mí. Una molestia sí, pero no un problema.

–Pero yo no puedo dejar que mis amigos pien-

sen que salgo con una prostituta cuando no es verdad.

–Ah, claro, había olvidado lo importante que es
la imagen para ti. Esta noche… ha habido ocasio-
nes esta noche en las que… no sé, me parecías diferente.

–¿Diferente a qué?

–Diferente al hombre al que le preocupa tanto
lo que piensen los demás. Esta noche, al menos durante un rato, sólo parecía importarte lo que yo
pensara de ti.

–Es que me importa, Violet. Yo…

–Pero te importa más lo que piensen los demás.
Si no, no sería un problema para ti que la gente
confundiese *Tacones de aguja* con unas memorias.

–¿No te molesta que mucha gente crea que eres
una prostituta?

–Sólo me molesta porque no valoran mi trabajo como novelista. O cuando alguien amenaza con
demandarme.

–¿De verdad no te importa que crean que estabas dispuesta a acostarte con cualquier hombre a
cambio de dinero?

–Lo que piensen los demás no es asunto mío,
Gavin. ¿Por qué voy a perder tiempo y energía con
algo así?

–Porque la imagen lo es todo.

–No, la sustancia lo es todo –replicó ella.

–Nadie llega a la sustancia sin pasar por la imagen. Si no te perciben como la clase de persona
que les interesa, no irás a ningún sitio.

–Ah, claro, hay que tener sangre azul para ser

alguien, ¿no? –replicó Violet–. Si quieres formar parte de la alta sociedad de Chicago nadie puede verte con basura como prostitutas o gente sin recursos.

–Yo no he dicho eso…

–Te preocupa tanto que la gente sepa que empezaste desde abajo que no te das cuenta de que es totalmente aceptable y normal que uno venga…

–No hay nada aceptable en el sitio del que yo vengo –la interrumpió él–. No era pobre, era más que pobre.

–¿Y qué? Ya no eres esa persona y nunca volverás a serlo. Y aunque volvieras allí…

–Nunca volveré allí –volvió a interrumpirla Gavin–. Haré lo que tenga que hacer para que eso no ocurra. Y haré lo que tenga que hacer para que nada de mi pasado ensucie la vida que tengo ahora. No quiero saber nada de la gente que vive en ese mundo porque son…

–¿Qué?

–No son como tú y yo.

–¿Ah, no? –exclamó ella, levantando la barbilla.

–A esa gente no le importa nada. No tienen educación, son perezosos y están encantados de vivir como viven. No trabajan, no tienen sueños. No cuentan para nada ni le importan a nadie.

Violet lo miró, perpleja.

–¿Cómo puedes decir que no le importan a nadie?

–Porque es verdad, son invisibles. La gente quiere librarse de esa gente, como si no existieran.

–La gente siempre cuenta, sean como sean –insistió ella–. Salvo los que son malvados o intolerantes, ésos son los que no deberían contar en absoluto.

Gavin no dijo nada. Él no era malvado o intolerante, sencillamente decía lo que pensaba.

–Tal vez algunas de esas personas no tengan educación, pero eso no quiere decir que no sean inteligentes –siguió Violet–. Y lo que a ti te parece pereza podría ser falta de apoyo, falta de recursos. ¿Cómo sabes lo que pasa por la cabeza de esa gente?

–No hay que ser muy listo para saber cuándo alguien se ha rendido y no quiere hacer ningún esfuerzo.

Violet sacudió la cabeza.

–No lo entiendes, ¿verdad?

–¿Qué es lo que no entiendo? –preguntó Gavin, desconcertado.

–No todo el mundo tiene dinero y mucha gente se ve obligada a buscar la felicidad donde la encuentra… como en un cielo azul después de un día de lluvia o cuando tus padres dejan de gritarse durante un rato y tú puedes escuchar una canción que te gusta en la radio… o cuando encuentras un billete en el suelo con el que puedes comprarte la chocolatina que nadie te ha comprado nunca. Incluso tener un techo sobre tu cabeza puede hacerte feliz, una casa de verdad en la que… –Violet no terminó la frase, dejando escapar un suspiro de exasperación–. ¿Sabes una cosa, Gavin? Yo vengo del mismo mundo que tú, tal vez peor.

Él se quedó callado. No sólo porque no podía

imaginar a alguien como Violet en las calles de su juventud sino porque, por alguna razón, daba igual de dónde proviniera. Sólo importaba que estaba con él en ese momento.

A pesar de eso, y porque parecía necesitar una reacción, le dijo:

—Me resulta imposible creer eso.

—¿Por qué?

—Porque tú no te pareces a nadie que haya conocido en la calle. Tú no…

—¿Yo no soy una de esas personas horrorosas, perezosas e invisibles?

—No quería decir…

—¿Sabes una cosa? Quiero que te vayas —dijo Violet entonces.

—¿Por qué?

—Y será mejor que lo hagas ahora mismo —insistió ella— antes de que alguno de tus amigos te vea en este barrio de pobres.

—Ninguno de mis amigos vendría por aquí ni muerto —Gavin lo había dicho sin pensar y se arrepintió de inmediato.

Pero Violet, furiosa, se levantó para ir al dormitorio, tomó lo que quedaba de su ropa en el suelo y se la tiró a la cara.

—Vete de aquí y no vuelvas nunca.

—Perdona, no quería…

—Vete.

—Escúchame. Yo…

—Vete ahora mismo —repitió ella.

—Pero…

—Ahora.

Gavin había dicho muchas tonterías en su vida, pero nunca se había sentido obligado a pedir disculpas. Y se dijo a sí mismo que tampoco tenía por qué disculparse en ese momento. Lo que había dicho podía ser frío o poco compasivo, pero era cierto. Además, no había llegado donde estaba disculpándose por nada. ¿Por qué iba a empezar a hacerlo?

–Tienes diez segundos –dijo Violet, mirando el reloj–. Nueve, ocho, siete...

–Muy bien, de acuerdo, me voy.

Tal vez lo merecía, pensó. No, *no* lo merecía, se dijo a sí mismo. No había dicho nada malo. Él sabía mejor que Violet lo que era vivir en la más absoluta pobreza. Tal vez ella no era de sangre azul, pero estaba claro que no sabía nada del sitio del que él había salido. Era demasiado feliz, demasiado… digna.

Gavin se puso los zapatos y la chaqueta, guardó la corbata en el bolsillo del pantalón y la miró a los ojos.

–Mira, Violet, yo…

Pero ella abrió la puerta del apartamento sin decir nada y Gavin supo que sería absurdo intentar convencerla. Aún no sabía qué había dicho para provocar tal reacción, de modo que lo mejor sería marcharse.

Cuando estaba bajando por la escalera oyó que se cerraba la puerta y luego un estruendo, como algo chocando contra una pared.

¿Y qué?, se dijo a sí mismo. ¿Qué le importaba que estuviese enfadada?

¿Qué le importaba sentirse como un canalla? Había tenido que ser un canalla para salir de su antigua vida y llegar donde estaba. Por eso nadie había podido hundirlo nunca.

Hasta aquel momento.

Porque mientras bajaba por la escalera sentía que estaba descendiendo un nivel, que iba hacia las sombras, a la soledad, al frío. A la misma vida que había vivido antes para convertirse en el mismo hombre que había sido: invisible, inútil.

Era el barrio, se dijo a sí mismo mientras salía del edificio. Incluso visitar un barrio como aquél ensuciaba su nueva forma de vida, la vida que protegería por encima de todo.

Violet no quería volver a verlo, muy bien. Tampoco él quería verla si eso significaba tener que ir a un sitio así. Cuanto antes volviera a su multimillonario y elegante ático, mejor. ¿Qué más daba que estuviera vacío, que no hubiese nadie para recibirlo? ¿Qué más daba que tuviera que irse a dormir solo?

Durante mucho tiempo después de que Gavin se hubiera ido, Violet se quedó sentada en el sofá mirando la pulsera tirada en el suelo. ¿Qué demonios había pasado?, se preguntaba. Desde el momento que miró por la mirilla y vio a Gavin al otro lado de la puerta nada parecía tener sentido. Ni que hubieran ido juntos a la fiesta, ni que por fin se diera cuenta de que no había basado en él el personaje de Ethan, ni que hubieran hecho el amor...

No, lo que habían hecho no tenía nada que ver con el amor. No sólo porque apenas se conocían sino porque Gavin no era más capaz que ella de sentir esa emoción. Lo que había entre ellos no era más que una simple atracción física...

Desde el primer momento, además. Y los dos habían experimentado muchas emociones en esa semana. La rabia y el enfado tenían que convertirse en otra cosa cuando se dieron cuenta de que no había razones para estar enfadados y, seguramente, no debería sorprenderla que se hubiera convertido en un sexo crudo, sin inhibiciones.

Entonces, ¿por qué se sentía tan vacía? Antes, aunque nunca hubiera sido tan apasionado como con Gavin, ella siempre se había sentido bien, satisfecha, relajada. El sexo con Gavin tenía el efecto contrario. Se sentía más ansiosa que nunca y en absoluto satisfecha. En lugar de seguir adelante, lo único que podía hacer era recordarlo... iba a pasar mucho tiempo hasta que lo olvidase.

Gavin Mason pensaba que ella no era nadie. Cuando hablaba de su pasado, de esa gente perezosa e invisible, podría estar hablando de sus propios orígenes. También ella provenía de un sitio así, pero nunca había pensado que fueran indeseables.

Se preguntó entonces por qué le sorprendían las cosas que había dicho. Mucha gente pensaba como él y todos estaban en su círculo social.

¿Pero qué le importaba lo que Gavin Mason pensara? Había dicho que no quería volver a verlo y no pensaba volver a verlo.

Aunque durante unos minutos en la fiesta, mientras estaban bailando, la hubiera hecho sentir cosas que no había sentido antes. Aunque mientras hacían el amor… o sea, mientras se acostaban juntos, hubiera sentido eso otra vez. Esa sensación de estar muy cerca de otra persona, el deseo de estar muy cerca de otra persona.

Sentimientos que Violet no había experimentado nunca.

Entonces miró la bandeja que Gavin había dejado sobre la mesa. Evidentemente, había querido llevarla a la cama. Nadie le había llevado nunca el desayuno a la cama. De hecho, nadie le había hecho nunca la comida. En todas las casas de acogida en las que había vivido ésa era labor de los niños, para enseñarlos a ser independientes decían sus padres de acogida. Y a veces era cierto. ¿Le habría preparado aquella bandeja de saber quién era y de dónde provenía?

Violet sacudió la cabeza. Claro que no. Ni siquiera se habría acostado con ella. Seguramente pensaba que ser pobre era peor que ser una prostituta de lujo. Al fin y al cabo, ellas se movían en los círculos de la alta sociedad, sabían vestir y comportarse. Las prostitutas de lujo no tenían que alquilar trajes, ni necesitaban que alguien las enseñase a bailar. Gavin estaría mucho más cómodo con Raven French que con Violet Tandy. Evidentemente, él no quería que polucionase su vida, ¿y por qué iba a dejar ella que Gavin polucionase la suya?

Tenía que dejar de pensar en él, se dijo.

Después de lavarse la cara y los dientes, se colocó delante del ordenador y abrió el archivo de su nueva novela. Había llegado a un punto en el que la protagonista, una chica ingenua de pueblo que visitaba la gran ciudad por primera vez, tenía que dar un mal paso, pero Violet no estaba segura de cuál sería ese mal paso.

Ahora lo sabía: Mason Gavin estaba a punto de aprovecharse de ella para luego dejarla tirada como si fuera basura.

Violet empezó a teclear furiosamente, ordenando sus pensamientos a medida que escribía.

«Escribe sobre lo que sabes», pensó irónicamente. «Como Ernest Hemingway».

Menos de treinta y seis horas después de haber sido expulsado del apartamento de Violet, Gavin estaba leyendo el informe que había encargado a un detective privado. Si lo hubiese encargado antes del sábado por la noche, esos documentos sólo habrían servido para reafirmar lo que creía de ella: que era una prostituta. Porque la información indicaba que venía de la clase de ambiente que empujaría a una joven a convertirse en eso. Un ambiente de pobreza, de necesidad y abandono.

El mundo de Violet era aún peor que el suyo.

Era mayor de lo que había pensado, casi treinta años, y había nacido en Chicago. Después de ser abandonada de niña había ido pasando de casa de acogida en casa de acogida, casi una docena para cuando cumplió los dieciocho años. A partir de entonces, y sin ayuda del Estado, había tenido que buscarse la vida ella sola, sin educación, sin dinero, sin nada. Había trabajado como camarera en un famoso restaurante, como ayudante de un sastre en una exclusiva sastrería, como gobernanta en un hotel…

De haber querido convertirse en una prostituta no habría tenido problemas para encontrar clientes ricos y ningún hombre hubiera podido resistirse.

Pero no lo había hecho. Había trabajado sin descanso, a veces de la mañana a la noche, había soñado, había hecho planes. Y, usando su inteligencia y su determinación, había conseguido hacer realidad esos sueños.

Era como él, pensó Gavin. Había empezado con nada para convertirse en una novelista de éxito. Pero mientras ella no se avergonzaba de su pasado, él hacía lo que podía para ocultarlo…

Claro que ella no tenía una reputación o un negocio que proteger. Su estilo de vida no dependía de mantener en secreto sus orígenes. Si sus colegas y amigos supieran de dónde venía le retirarían el saludo. Y sin esa estima profesional, Gavin podría volver al sitio del que provenía.

Pero no iba a dejar que eso ocurriera.

Pero entendía por qué Violet se había enfadado tanto. Cuando dijo que la gente pobre no contaba había pensado que se refería a ella…

Dejando escapar un suspiro, Gavin se echó hacia atrás en el sillón. Recordaba lo que había dicho sobre encontrar felicidad en las cosas pequeñas. Y tal vez ella la había encontrado, pero él nunca fue capaz de hacerlo.

Daba igual, se dijo a sí mismo. No pensaba volver a verla. Aunque lo deseara, Violet había dejado claro que no quería saber nada de él. Y no debería querer volver a verla, además. Violet era un símbolo de todo aquello de lo que había querido alejarse. Aunque no fuese una prostituta, muchos de sus amigos pensaban que lo era…

Pero aunque no pudiese convencerlos de que la novela era una obra de ficción, sí podría convencerlos de que él no era Ethan.

Y se pondría a ello de inmediato. Reuniría la misma información que Violet había reunido para escribir la novela y la haría circular por su ambiente. En unos meses, todo el mundo se habría olvidado del asunto y él seguiría yendo a las fiestas adecuadas, firmando contratos con sus clientes y saliendo con las mujeres que le convenían.

Inevitablemente, eso lo hizo pensar en Violet, que no era la mujer que le convenía en absoluto. Siempre había sido fácil para él olvidar a las mujeres porque ninguna de ellas había sido particularmente memorable, ni la heredera de un imperio industrial, ni aquélla que había sido Miss Illinois, ni la pelirroja… ¿cómo se llamaba? Las había olvidado a todas cinco minutos después de despedirse de ellas.

¿Entonces por qué seguía pensando en Violet? ¿Por qué quería, necesitaba, verla otra vez?

Tal vez si la hacía entender todo lo que podría perder, pensó. Tal vez si le mostraba cómo era su vida, ella lo entendería por fin. Había visto su oficina, pero la mayoría de las cosas que hacía tenían lugar fuera de allí. Y casi ninguno de sus amigos había estado en la cena benéfica. Claro que eso era así porque tenía muy pocos amigos de verdad. Pero si Violet veía cómo vivía, tal vez entendería por qué era tan importante para él preservar su estilo de vida.

Por eso no podía dejar de pensar en ella, por eso necesitaba volver a verla.

Lo único que tenía que hacer era encontrar la forma de que Violet no le diese con la puerta en las narices.

Capítulo Nueve

Una semana después de haber echado a Gavin de su apartamento, Violet estaba sentada en un aula de la Universidad Northwestern, en Evanston, mientras uno de los profesores la presentaba como una novelista local que había conseguido un best seller. Los estudiantes que habían ido a escuchar su charla estudiaban literatura contemporánea norteamericana y ella estaba allí para hablar de crítica social y de cómo la ficción y el novelista reflejaban la sociedad contemporánea.

Ah, qué refrescante. No habría preguntas sobre juguetes sexuales aquella tarde, ni sobre ropa interior sexy, ni sobre fetiches. Estaba allí para hablar de literatura social, de modo que había alquilado el traje más serio que pudo encontrar en *La comidilla de la ciudad*, un Chanel negro que había adornado con un colgante de ónice y una pulsera a juego. Su pelo negro estaba sujeto en un moño muy chic y se había maquillado de manera discreta. Estaba allí para que la tomasen en serio y, mirando a los cincuenta alumnos que habían ido a escucharla, se sentía como una escritora de verdad.

Llevaba varios días preparando su discurso, de modo que habló durante largo rato y con gran confianza sobre el asunto. Y después invitó a los alumnos a hacer preguntas.

La primera pregunta fue sobre juguetes sexuales.

La segunda sobre ropa interior.

La tercera sobre fetiches.

Una hora más tarde, Violet tenía que apretarse el puente de la nariz para controlar la inevitable jaqueca que había empezado inmediatamente después de las preguntas sobre necrofilia.

—Sólo tengo tiempo para una pregunta más —les dijo, con un suspiro desolado.

—¿Qué va a hacer después de la charla?

Violet levantó la cabeza al escuchar esa voz varonil que conocía tan bien. Gavin estaba en la puerta del aula. Debía haber entrado sin que ella se diera cuenta mientras hablaba de la diferencia de salarios entre los hombres y las mujeres. Aunque nadie había tomado notas sobre eso. Sólo lo hicieron cuando contestó a preguntas sobre la necrofilia. Y eso daba mucho que pensar sobre las nuevas generaciones.

Violet miró de Gavin a los chicos. Más de uno parecía interesado en su respuesta. De hecho, más que interesado.

—Tengo un compromiso —contestó, volviéndose hacia el profesor que la había invitado—. Doctor Bresser, le agradezco mucho la oportunidad que me ha dado de hablar para su clase.

Después de las apropiadas gracias y felicitaciones, Violet se dirigió a la puerta de salida y Gavin salió tras ella.

—Espera, por favor. Necesito hablar contigo.

–¿Qué quieres?

Como siempre, iba impecablemente vestido con un traje oscuro y una camisa blanca. El estampado azul de su corbata hacía que sus ojos pareciesen aún más transparentes y expresivos. Y más irresistibles.

La miraba como si estuviera pensando lo mismo que ella, algo en lo que ninguno de los dos debería pensar.

–Hola –dijo después.

–Hola.

Pasó otro segundo hasta que, por fin, Violet rompió el silencio.

–¿Qué haces aquí, Gavin?

–He venido a verte.

–¿Ah, sí?

–Estaba por aquí y esperaba que tuvieras tiempo para comer conmigo. Tengo un cliente por la zona –se apresuró a explicar Gavin–. Quiere vender parte de su colección y he venido para hacer yo mismo una primera tasación. Es una persona muy importante.

La última frase estaba destinada a explicar por qué hacía personalmente algo que debería hacer un subalterno.

–¿Y cómo sabías que yo estaba aquí?

–Pues… vi un anuncio en el periódico.

–Salió en las páginas de una revista femenina el fin de semana pasado. Y no creo que tú leas revistas femeninas.

Por fin Gavin sonrió, con esa sonrisa suya tan masculina que hacía que se le encogiera el estómago.

–Debes saber que me interesa mucho todo lo que tenga que ver con las mujeres.

Aunque había hecho el comentario en broma, los dos parecían darse cuenta de que tenía mucha importancia. Afortunadamente, Violet decidió no decir nada.

–Como mi cliente vive cerca del campus he decidido venir a escuchar tu charla.

–¿Por qué?

–Como he dicho, necesitaba hablar contigo.

–¿Por qué? –insistió ella.

Gavin se tomó su tiempo antes de responder:

–Quiero una segunda oportunidad para dar una buena impresión.

Violet estuvo a punto de soltar una carcajada. Como si uno pudiese cambiar una primera impresión. Especialmente después de haberla acusado de ser una prostituta y una mentirosa. Violet recordó también lo que pensaba sobre los que no tenían medios económicos, recordó todas las cosas que había dicho esa noche sobre personas que, como ella, no habían tenido la suerte de nacer en una familia rica.

Su imagen siempre sería para él más importante que cualquier otra cosa o cualquier otra persona, el propio Gavin lo había dicho.

–No tengo tiempo para comer. Tengo… una reunión en el centro.

En realidad iba a su casa, pero Gavin no tenía por qué saber eso. Sola. Como todas las noches, para pensar en él. Pero eso, por supuesto, era algo que Gavin no debería saber nunca.

—Vamos —insistió Gavin—. Tu charla empezó muy temprano y seguro que aún no has comido nada. Conozco un restaurante mediterráneo estupendo cerca de aquí. Invito yo.

¿Cómo podía saber que la comida mediterránea era su favorita?

—Y hacen un *tabouleh* que es para chuparse los dedos.

¿Cómo podía saber que el *tabouleh* era uno de sus platos favoritos? No estaba jugando limpio, seguro.

Se dijo a sí misma que debía decir que no. Sus orígenes la convertían en una indeseable a ojos de ese hombre. Para él, siempre estaría manchada por la pobreza. Daba igual que se derritiera por dentro cuando estaban juntos, o que hubiera visto un agujero en su armadura esa noche, en la fiesta, o que aún tuviese dentro de él, en alguna parte, buen humor y cierta decencia. La gente con convicciones tan fuertes no cambiaba nunca. Y Gavin no iba a cambiarla a ella tampoco.

Sabía que debía rechazar la invitación y, sin embargo, cuando abrió la boca se oyó decir a sí misma:

—Muy bien.

Violet no sabía cómo había ocurrido, pero dos horas más tarde se encontró en el coche de Gavin, un Jaguar roadster, subiendo por el sendero que llevaba a la mansión de un tal Chatsworth Whitehall… y un número romano. Por qué había subido al coche era un misterio. Sólo había tomado una copa de vino durante el almuerzo, de modo que no podía ser eso.

Podría ser la *baklava* que habían compartido de postre. Tenía debilidad por la *baklava* y fue entonces cuando Gavin la invitó a ir a la mansión Whitehall para ver la colección que debía evaluar.

El canalla. Debería haber imaginado que lo tenía todo preparado.

La mansión parecía un escenario de película, pensó cuando Gavin detuvo el coche frente a una cantarina fuente y un porche con columnas que medía más que todo su apartamento. Una película sobre una familia aristocrática, antigua y poderosa. La finca debía tener cientos de acres, con un jardín maravilloso y bien cuidado.

Violet no se había dado cuenta de que estaba extasiada hasta que se abrió la puerta del coche.

Cuando levantó la mirada vio a Gavin esperando que saliera, sus anchos hombros enmarcados por el magnífico porche de la casa. Tomó su mano automáticamente, pero en cuanto lo rozó se vio asaltada por recuerdos de aquella noche y cuando intentó apartarla Gavin la apretó, tirando de ella hasta que cayó sobre su pecho.

Instintivamente, Violet dio un paso atrás, pero eso no consiguió calmar su agitación. Estar en aquel sitio dejaba más claro que nunca lo diferentes que eran. Ella nunca sería suficiente, nunca tendría un sitio en la sociedad en la que Gavin Mason se movía.

—Es espectacular, ¿verdad?

—Desde luego.

—Los Whitehall han formado parte de la alta sociedad de Chicago desde antes del gran incendio. Desde entonces, su fortuna se ha ido multiplicando. Y después de ciento cincuenta años, eso es mucho multiplicar.

–Sí, ya imagino.

Un sitio como aquél hacía que quedasen bien claras las diferencias. Gavin trataba con personas así todo el tiempo. De no ser por él, Violet no hubiera podido entrar en contacto con aquella gente. Él se sentía cómodo entre tanta riqueza, ella no.

Había llegado muy lejos desde los muelles de Brooklyn y era curioso que se sintiera como en casa en aquel sitio, pensó Violet.

–Chatsworth no está en casa, pero su ama de llaves está esperándonos.

Para Violet, la expresión «ama de llaves» conjuraba una mujer con delantal y guantes de fregar, armada con un montón de trapos y cubos. Pero la mujer que los recibió en la puerta de la mansión de Chatsworth Whitehall número romano llevaba un elegante traje de chaqueta y un reloj de oro. Tenía un Bluetooth pegado a la oreja y un iPod en la otra mano, el pelo oscuro sujeto en una coleta y gafas de sol. Violet estaba segura de que aquella mujer no sabía lo que era un plumero.

–Hola, Miranda –la saludó Gavin. Y si la llamaba por su nombre de pila debía ser porque la conocía bien–. Me alegro de verte.

–Lo mismo digo, señor Mason –lo saludó ella–. El señor Whitehall me ha dejado instrucciones sobre su visita. He pedido que llevaran parte de las piezas al salón principal.

El salón principal, pensó Violet, preguntándose cuántos salones más habría en la casa. Seguramente medio millón.

–También le he pedido a Billings que prepare un almuerzo ligero para usted y… –por primera vez, la mujer se volvió hacia Violet– para su socia.

–Muchas gracias, Miranda, pero hemos comido antes de venir.

–Ah, muy bien. Acompáñenme.

De modo que existía una posibilidad de que Gavin fuese amable con el servicio, pensó Violet. Aunque no se engañaba a sí misma pensando que tenía algo que ver con la regañina que le echó esa noche, en la cena benéfica.

Siguieron a Miranda hasta un vestíbulo en el que destacaba una enorme escalera de roble que daba a una galería en el segundo piso. Violet no estaba segura, pero tenía la impresión de que su voz hacía eco en aquel sitio tan grande. El ama de llaves los llevó a un salón a la izquierda de la escalera, un sitio lleno de antigüedades, con media docena de esculturas de mármol y varios cuadros.

–Las piezas que el señor Whitehall está interesado en vender llevan una etiqueta. Hay dos docenas más o menos. Espero que pueda hacer una estimación de su valor.

Vagamente, Violet imaginó que todo aquello debía valer muchos millones de dólares.

–Gracias, Miranda. Puedes seguir con tu trabajo, nosotros nos encargamos de todo a partir de ahora.

El ama de llaves salió del salón y Violet se quedó

sola con Gavin y con obras de arte por valor de… a saber cuánto.

De repente, le daba miedo moverse. ¿Y si rompía algo sin querer?

—No te asustes, todo está asegurado –dijo Gavin, como si hubiera leído sus pensamientos.

Por supuesto. Los ricos siempre lo tenían todo asegurado.

—Por si acaso, prefiero sentarme aquí –le dijo, señalando una silla tapizada en damasco–. No parece demasiado cara.

—Esa silla pertenecía a la corte de Luis XVI. Vale mucho más de lo que te puedas imaginar.

—Muy bien, entonces me quedaré de pie. O tal vez debería esperarte en el coche.

—Quédate cerca de mí, no vas a romper nada.

Ya, claro. Pero ése era el sitio más peligroso de todos.

A pesar de ello, Violet se pegó a él. De hecho, para asegurarse de que no tiraba nada, lo tomó del brazo.

Riendo, Gavin sacó uno teléfono móvil del bolsillo y empezó a hacer fotografías.

Una vez completada la tarea intentó dirigirse hacia otro grupo de obras, pero Violet tenía los pies firmemente plantados en el suelo de modo que rebotó hacia ella.

—Sólo es una casa, Violet. Una casa con algunas cosas bonitas para adornar, como cualquier otra.

—Tú sabes que eso no es verdad. Esta casa no se parece a la de nadie. Ésta es la casa que tú has querido siempre, la clase de sociedad en la que estabas desesperado por entrar y harás lo que sea para no salir nunca de ella. Si fuera mi apartamento, no querrías saber nada.

Gavin pareció a punto de negarlo, pero no lo hizo.

—Tienes razón. Pero mira todo esto, Violet —dijo por fin, señalando alrededor—. Mira esta casa, estas obras de arte. ¿No preferirías vivir en un sitio así?

Involuntariamente, o tal vez no tanto, ella levantó la barbilla en un gesto de orgullo.

—Me gusta mi casa.

—¿Pero no preferirías vivir aquí? Dime la verdad.

Violet miró aquellos objetos tan caros, tan exclusivos. Era una casa maravillosa, desde luego. Y estar rodeada de tal belleza, de tal extravagancia, era un privilegio. ¿Pero cómo sería vivir allí, sabiendo que todo le pertenecía a ella?

—No lo sé, Gavin. Es precioso, sí, pero también es una responsabilidad muy grande. Cuanto más tienes, más puedes perder, ¿no?

En lugar de tomarse un momento para pensarlo, Gavin sonrió.

—Exactamente. Sería demasiado renunciar a todo esto. Por eso quiero proteger mi estilo de vida. Porque nadie con dos dedos de frente querría vivir de otra manera.

—No era eso lo que yo… ¿quieres decir que yo no tengo dos dedos de frente? —exclamó Violet entonces—. ¿Que no me importe vivir modestamente te parece una locura?

—No he dicho eso…

—Sí lo has dicho.

—Lo que quiero decir es que he trabajado mucho para entrar en este círculo. Ha sido mi sueño desde que era niño. ¿Tú sabes lo que es tener un sueño durante tanto tiempo? ¿Tú sabes lo que representa que se haga realidad?

Violet recordó su casa soñada a las afueras de Chicago, con sus rosales y sus lilas, con su balancín en el porche.

—Sé muy bien lo que es tener un sueño.

No podía responder a la segunda pregunta porque su sueño aún no se había hecho realidad, pero imaginó que debía ser asombroso. Y algún día esperaba saberlo a ciencia cierta.

Tal vez no eran tan diferentes después de todo. Los dos habían empezado desde abajo y habían luchado para conseguir algo mejor. Sí, su idea de «algo mejor» era desproporcionada, pero los dos habían querido hacer realidad un sueño. ¿Qué sentiría ella si consiguiera su casita en las afueras y alguien intentase quitársela?

La diferencia, sin embargo, era que ella no pisotearía a nadie para conseguirlo. No los insultaría, no les diría que no contaban, que eran invisibles. Pero cuanto más grande era tu sueño, más había que luchar, pensó.

Se alegraba de no tener que luchar con uñas y dientes para defender lo que era suyo. Se alegraba de no tener que elegir a sus amistades basándose en el estado de sus cuentas corrientes o sus apellidos. Se alegraba de no sentirse avergonzada de quién era y quién sería siempre, llegase donde llegase.

Violet miró las obras de arte una vez más y decidió que tal vez no valían tanto. Una casita en las afueras, con rosales y un balancín en el porche, valía muchísimo más que todo aquello. Y ser capaz de enamorarse de cualquier hombre, fuera quien fuera, y tener amigos cuyos apellidos no importasen en absoluto, eso no tenía precio.

¿Para qué le servía el dinero a Gavin? ¿O su éxito o sus amigos ricos? Si pensaba que vivir así era lo que hacía falta para ser alguien en el mundo, en realidad era más pobre de lo que lo había sido de niño.

Capítulo Diez

Gavin miraba a Violet, en el comedor de su ático en Lakeshore Drive, viéndola mover la comida de un lado a otro del plato. Había esperado que invitarla a cenar en su casa la animase un poco, pero estaba aún más seria que en la mansión de Chatsworth Whitehall.

También había pensado que disfrutaría del almuerzo en el restaurante de comida mediterránea. No sólo era uno de sus favoritos sino que resultaba casi imposible conseguir mesa. Sólo los más ricos de Chicago comían allí, pero Violet no parecía impresionada. También había pensado que disfrutaría en la mansión Whitehall, que era como un museo lleno de cosas bellas e históricas que no tenían rival en ninguna otra colección. Había pensado que Violet se quedaría asombrada, que apreciaría esas cosas bellas y el mundo en el que vivía... y que entendería lo que podría perder si sus amigos y colegas le daban la espalda. Pero Violet parecía sencillamente... triste.

De modo que la había invitado a cenar en su casa, pensando... bueno, pensando lo mismo que había pensado en la mansión Whitehall: que viendo su casa sería capaz de entender por qué estaba tan decidido a proteger su estilo de vida. Modestia aparte, su ático era espectacular. Tal vez no tanto como la casa de Chatsworth Whitehall, pero impresionante.

Ocupaba la última planta entera de un rascacielos y sus ventanas panorámicas ofrecían una magnifica vista de Chicago, desde la torre Hancock al puerto. La mesa, frente a una de esas ventanas, permitía ver ambas cosas, más el lago Michigan, con las lucecitas de los barcos.

Aunque llevaba cinco años viviendo allí, Gavin seguía sorprendiéndose cada vez que veía todo aquello. Aún le costaba trabajo creer que hubiera llegado tan lejos. ¿Por qué Violet no parecía impresionada en absoluto?

Mientras la mansión Whitehall era casi un museo de arte tradicional, su casa era un museo contemporáneo con cuadros abstractos y muebles de diseño moderno en tonos neutros.

Era un sitio asombroso, pensó de nuevo. Después de todo, le había pagado una fortuna al mejor diseñador de la ciudad para que lo fuese. Y a uno de los mejores agentes inmobiliarios para que lo encontrase. Y antes de salir de Whitehall había llamado a uno de los mejores restaurantes de la ciudad para pedir una cena de cinco tenedores que le llevarían a su casa media hora después de que llegasen. Eso, también, era algo de lo que disfrutaba en su nueva vida. Imaginaba que Violet se quedaría impresionada, pero parecía todo lo contrario.

–¿Es el *chateaubriand*? –le preguntó por fin–. ¿No está bien hecho? ¿Esta frío?

Ella levantó la cabeza con expresión desconcertada, como si por un momento no recordase dónde estaba o con quién. Aunque Gavin seguía llevando el traje que había llevado por la mañana, ella se había quitado la chaqueta del traje de Chanel para revelar una camisola del mismo tono que sus ojos. La pálida amatista en contraste con su piel de alabastro lo hacía pensar que ambos eran de seda y el color le daba más expresión y emoción a sus ojos. Desgraciadamente, no era una expresión de alegría y la emoción no era de felicidad.

—No, la verdad es que no tengo hambre. He comido mucho.

—Hace ocho horas —le recordó él.

Violet se encogió de hombros.

—Soy de metabolismo lento —le dijo, como si eso lo explicara todo.

Sí, seguro, pensó Gavin. Recordaba la noche que pasaron en su apartamento... bueno, en realidad no había pasado un solo día sin que la recordase, y sabía que no había nada lento en el metabolismo de Violet. Por no decir que parecía llena de entusiasmo mientras daba la charla a los alumnos de la universidad. Pero no sabía qué había extinguido ese entusiasmo.

—¿Lo has pasado bien?

De nuevo, Violet se encogió de hombros.

—Sí, muy bien.

Genial, pensó él. Simplemente genial.

—Bueno, ya está bien —dijo entonces, levantándose.

—¿Qué pasa?

—Si no tienes hambre, es absurdo que sigas jugando con la comida. Ven, voy a enseñarte Chicago.

–Gavin, por favor… es muy tarde. Además, yo he crecido aquí y ya he visto todo lo que hay que ver.

Él sonrió, ofreciéndole su mano.

–Seguro que no.

Violet dejó escapar un suspiro y, con desgana, puso la mano en la suya. Gavin tiró de ella pero, aunque estaban muy cerca, no se atrevía a besarla, por mucho que quisiera hacerlo.

Y quería hacerlo de verdad.

El aroma de Violet, un sutil perfume con notas florales absolutamente apropiado para ella, lo envolvió entonces y, sin poder evitarlo, empezó a inclinar la cabeza. Y durante una décima de segundo, también ella levantó la suya. Pero entonces vio algo en su expresión, algo muy triste que lo detuvo.

–A la izquierda tenemos la torre Hancock, el edificio más alto de Chicago –empezó a decir.

Violet pestañeó un par de veces.

–¿La torre Hancock?

Él asintió, llevándola frente a la ventana para señalar el edificio que, de noche, parecía hecho de ébano y diamantes.

–Y allí –le dijo, señalando una zona iluminada a la derecha– está la famosa milla de oro de la avenida Michigan.

En lugar de mirar hacia la ventana, Violet seguía mirándolo a él, de modo que Gavin la tomó por los hombros para darle la vuelta.

–Y ahí abajo está el puerto, con su parque de atracciones –le dijo al oído–. Seguro que has ido más de una vez.

–Sólo una, la verdad. Cuando tenía diez años.

Durante tres meses viví con una pareja que tenía cinco niños de acogida… fue la mejor casa de todas porque eran buenas personas que querían a los niños de los que cuidaban y, lamentablemente, eso no era lo habitual. Un día, nos llevaron al parque de atracciones del puerto y nos compraron perritos calientes, algodón dulce… y nos subieron a un montón de atracciones.

–¿Incluso la noria?

–Sí, también en la noria. Es mi atracción favorita.

–Entonces deberías volver a subir algún día.

–Sí, es verdad –murmuró Violet.

–De hecho, deberías hacerlo conmigo.

De no haber estado tan cerca no se habría dado cuenta de que Violet se ponía tensa de repente.

–Eso te iría muy bien, ¿no?

–¿Qué quieres decir?

Cuando se volvió para mirarlo, Gavin vio que la tristeza desaparecía de su rostro. Lamentablemente, en lugar de ser reemplazada por una expresión de alegría lo que parecía sentir en ese momento era rabia.

–El puerto es un sitio en el que no nos encontraríamos con tus amigos, ¿verdad? Y en la noria sólo estaríamos los dos, una manera estupenda de esconderme de tus amistades.

Era lo último que había esperado escuchar. Llevaba todo el día haciendo exactamente lo contrario, intentando llevarla a su mundo. Intentando hacer que lo viera con sus ojos.

–Violet, no es eso…

–¿Ah, no? ¿Por qué has ido a Evanston, Gavin?

No había ninguna razón para no decirle la verdad. Los dos sabían la respuesta a esa pregunta.

–He ido a verte.

–¿Pero por qué has ido a Evanston? Podrías haberme llamado por teléfono para quedar conmigo en algún sitio de la ciudad.

–Pensé que no hablarías conmigo si te llamaba por teléfono después de… –Gavin no se molestó en terminar la frase. Ninguno de los dos había olvidado lo que pasó esa noche–. Y me alegro mucho de que me hayas dado una segunda oportunidad.

–Sí, bueno, también yo esperaba que hoy fuera diferente. Pero está terminando exactamente de la misma forma.

–¿Qué quieres decir?

–Esa noche dejaste bien claro tu desdén por la gente que viene del mismo sitio que tú y esta noche, y durante todo el día, has dejado claro que no has cambiado de opinión. Podrías haberme visto en la ciudad, pero decidiste esperar hasta que estuviera a muchos kilómetros de aquí.

Porque no se le había ocurrido, la verdad.

–Pensé que ir a Evanston era una buena oportunidad de…

–De verme sin arriesgarte a que tus amigos me vieran contigo.

Por fin, Gavin entendió lo que intentaba decir.

–¿Crees que me avergüenzo de ti?

–¿Y no es verdad?

–Pues claro que no. He pasado todo el día contigo.

–Sí, en sitios donde no podíamos encontrarnos con nadie.

–Eso no es verdad –se defendió Gavin–. Chatsworth Whitehall es un viejo amigo...

–Que no estaba en casa, qué coincidencia –lo interrumpió Violet–. Y cuando el ama de llaves me llamó tu «socia», tú no la corregiste.

Porque no había querido avergonzarla intentando definir qué eran el uno para el otro delante de una desconocida. Por no decir que ni él mismo sabía qué eran el uno para el otro. Había esperado que aquel día lo aclarase todo, pero evidentemente había fracasado.

–¿Por qué me has invitado a cenar aquí? –insistió Violet.

Gavin no sabía si debía contestar a esa pregunta. Sonaría muy superficial si le dijera que quería que viese lo estupenda que era su casa y, bueno, sí, tal vez era superficial pero había querido demostrar algo con eso. Y, a juzgar por el tono que estaba tomando la conversación, no pensaba admitir que también había esperado seducirla.

Pero su falta de respuesta sólo sirvió para que Violet se convenciese de que sus sospechas eran ciertas.

–Eso es lo que había pensado. Esperabas que repitiéramos lo que pasó en mi apartamento. Luego me llevarías a casa sin que nadie nos viera y nadie sabría que habíamos pasado el día juntos.

–Violet, no es eso.

–¿Cómo que no? Hemos pasado el día juntos, pero solos. No quieres que me vean tus amigos porque temes que te den la espalda.

Gavin no sabía qué decir para disuadirla de esa

idea y eso confirmó a Violet que estaba en lo cierto. Sin decir nada, tomó la chaqueta de su traje y el bolso y luego, sin mirarlo, se dirigió a la puerta.

Cuando por fin Gavin encontró presencia de ánimo para seguirla, las puertas del ascensor se estaban cerrando. Lo último que vio fue el rostro angustiado de Violet y su último pensamiento fue uno que no tuvo tiempo de poner en palabras.

Lo que hubiese querido decirle era que habían estado solos todo el día porque habría pasado el día solo de todas formas. Como pasaba todos los días de su vida. Y todas las noches.

Gavin se dio cuenta entonces, por primera vez, de que hasta que conoció a Violet había estado completamente solo.

Capítulo Once

Violet se detuvo frente a una mansión de estilo victoriano en el corazón de Chicago; una mansión que había sido convertida cincuenta años antes en un club privado, el club privado de Gavin. Hacerse miembro de ese club costaba más de lo que cualquiera ganaría en un año entero y Violet se preguntó qué estaba haciendo allí.

Su móvil había sonado cuando estaba subiendo a un taxi al salir del apartamento de Gavin la noche anterior y, aunque no se molestó en contestar, él le había dejado un mensaje pidiéndole… no, suplicándole que fuera a su club para cenar con él. Según él, esa noche todos los miembros del club, incluido el alcalde de Chicago, estarían allí.

Evidentemente, ésa era su forma de demostrarle que no le importaba que los vieran juntos en público.

–*Por favor, ve al club mañana* –decía en el mensaje–. *Llamaré para que incluyan tu nombre en la lista, de modo que no tendrás ningún problema para entrar.*

La había puesto en «la lista», pensó ella, con un nudo en el estómago. Tenía que ponerla en una lista porque ella no era socia del club, o de la sociedad, a la que él pertenecía. Eso debería haberla convencido de que ir allí era absurdo.

Se había dicho a sí misma que debería quedarse en casa, pero cada vez que escuchaba el mensaje, y lo había escuchado varias veces, algo en la voz de Gavin le impedía rechazar la invitación. Y, por fin, había decidido ir. Pero iría sola y vestida como solía vestir habitualmente. Así vería si se sentía cómodo presentándole a sus amigos. Si seguía tratándola con el respeto y la consideración que merecía después de eso, tal vez aún había alguna esperanza para ellos.

Tal vez.

En lugar de alquilar un traje de diseño especialmente para la ocasión, se puso un pantalón sastre negro y una camisa blanca que tenía desde la universidad, unas bailarinas negras y unos aros de plata en las orejas.

Desgraciadamente, cuando llegó al club se dio cuenta de que iba vestida exactamente igual que los camareros. Ah, de modo que tal vez sí pertenecía a su mundo, en la zona de servicio.

El maître también pensó que era una camarera porque en cuanto la vio señaló hacia la izquierda con la mano.

—La entrada de la cocina está por detrás. Si vuelves a llegar tarde, considérate despedida.

—No soy una empleada —dijo Violet, con toda la dignidad de la que era capaz—. Soy una invitada.

El maître levantó la mirada, sorprendido.

—¿Invitada de quién?

—De Gavin Mason.

El hombre miró sus papeles.

—Sí, claro. Lo siento muchísimo, señorita Tandy.

Tal vez había cosas en el mundo de Gavin a las que podría acostumbrarse. Por ejemplo, que alguien que te trataba como si fueras un subalterno de repente se diera cuenta de tu valor. Por supuesto, aquel hombre sólo pensaba que tenía algún valor por la misma razón por la que Gavin pensaba que la gente tenía valor: porque tenía dinero para ir a un sitio como aquél. Aun así, era agradable ser bien tratada.

—El señor Mason no ha llegado todavía. De hecho, acaba de llamar para decir que estaba en medio de un atasco y me ha pedido que la acompañase a la mesa y abriera una botella de Krug Grand Cuvée que tengo preparada para ustedes —el maître llamó a una camarera—. Hilda, por favor. Hilda se encargará de su abrigo, señorita Tandy.

Violet no sabía lo que era el *cuvée*, pero entendía la palabra *grand* y sabía que debía ser algo muy caro.

Era champán, descubrió cuando el maître la llevó a una mesa frente a la chimenea.

Su nuevo amigo abrió la botella y sirvió un centilitro del espumoso en una copa. En fin, Violet ya sabía que era caro, pero no debería ser tan tacaño.

—¿Podría servirme un poco más?

—Debería probarlo antes… para decirme si es de su gusto.

—Ah, ya.

Oh, el primer mal paso, pensó Violet. Y Gavin no había llegado aún. Iba a ser una noche muy larga.

—Gracias, me gusta mucho.

El maître sonrió antes de llenar su copa.

—El señor Mason llegará enseguida, pero si necesita algo no dude en pedírmelo.

—Gracias.

—Encantado, señorita Tandy.

Asombroso lo sincero que podía parecer, pensó ella mientras se alejaba.

Mientras tomaba champán y esperaba a Gavin, Violet miró alrededor. El club parecía una versión de Whitehall en pequeño, con paredes forradas de brillante caoba, molduras en el techo y alfombras persas de tonos tan ricos que casi parecía como si alguien hubiese tirado rubíes y esmeraldas por el suelo.

En la mesa de al lado, Violet reconoció al grupo de gente a la que había visto en la cena benéfica, aquéllos que era tan importante que los vieran juntos. Todos vestidos y enjoyados como pavos reales, haciendo que Violet se sintiera como un personaje gris. Todo el mundo iba vestido elegantemente para la ocasión, todos riendo y charlando, saludándose como si se conocieran bien. Y, sin duda, así sería.

Y Gavin era uno de ellos, como quería. Como ella no lo sería nunca.

Como si lo hubiera conjurado, Gavin apareció en ese momento, los hombros de su abrigo negro cubiertos de nieve. Y algo dentro de Violet se derritió entonces. Era tan guapo, tan sexy y, en el fondo, era una persona decente. Si pudiese reorganizar sus prioridades… si fuera…

«Si fuera», las dos palabras más peligrosas del

mundo. Gavin Mason era lo que era y no iba a cambiar para nada de la mañana a la noche. Y en aquel sitio, rodeado de gente a la que quería impresionar, no iba a ser el hombre que ella quería que fuese. Esa noche, más que nunca, sería el hombre de la alta sociedad que desdeñaba a los plebeyos como ella.

¿Por qué había insistido en que fuera allí?

Como si ese pensamiento hubiera provocado una extraña conexión entre los dos, Gavin miró entonces hacia su mesa. Y cuando sonrió, Violet sintió un calorcito por dentro. Se dirigía hacia ella, pero una pareja lo detuvo para saludarlo y, con una mirada de disculpa, Gavin se detuvo. Pero incluso desde allí Violet se daba cuenta de que estaba impaciente. Y el calorcito dentro de ella aumentó un poco más.

Hasta que sintió que alguien estaba mirándola. Alguien que no era Gavin. Y era una mirada muy desagradable, además. Cuando giró la cabeza vio a un hombre apoyado en la pared junto a un grupo de periodistas que portaban cámaras y micrófonos. Debían estar allí porque el alcalde iba a acudir a la cena, pensó.

El hombre la miraba directamente y cuando sus ojos se encontraron sonrió, como si la conociera. Como si la conociera y supiera algo feo sobre ella. Pero Violet no lo conocía en absoluto, de modo que se dio la vuelta para buscar a Gavin y lo encontró charlando con otra pareja.

Pero un segundo después, el hombre que estaba mirándola se acercó a la mesa y, resignada, Violet levantó la cabeza. Tenía el pelo rubio, despeinado, y al contrario que el resto de los hombres, incluso los periodistas, no llevaba esmoquin ni traje oscuro sino unos pantalones de pana y un jersey de color marrón.

—Yo te conozco —le dijo, mirándola a los ojos—. Tú eres Raven French, la autora de las memorias de una prostituta de lujo.

—No son unas memorias, es una novela. Y yo no…

—Ya, bueno —la interrumpió él—. Llevo días intentando entrevistarte, pero no me has devuelto las llamadas. Soy Teddy Mullins —se presentó por fin, extendiendo una mano que Violet no tenía interés en estrechar—. Escribo para la revista *Chicago Fringe*.

En cuanto escuchó el nombre, Violet supo por qué no le había devuelto las llamadas. *Chicago Fringe* no era una revista sino la clase de publicación sensacionalista que daba a las revistas un mal nombre.

—Lo siento, señor Mullins, pero todas las solicitudes de entrevista deben pasar antes por mi publicista en la editorial Rockcastle.

—De eso nada —replicó él—. Un tipo del *Sun Times* me ha dicho que no tuvo el menor problema para conseguir una entrevista.

—Hágalo a través de mi publicista. Y ahora, si me perdona, estoy esperando…

Violet buscó a Gavin con la mirada y lo vio charlando con un grupo de gente. Pero estaba mirándola a ella con expresión preocupada e inmediatamente se disculpó para acercarse. Pero, de nuevo,

fue detenido por otra persona que quería saludarlo.

Mientras tanto, Teddy Mullins se sentó al lado
de Violet tranquilamente.

–¿Te importa si grabo la conversación?

–Señor Mullins, si llama a mi publicista en Rockcastle, Marie Osterman, ella buscará un día conveniente para los dos.

–Mejor vamos al grano ahora mismo.

Lo que siguió fue una ráfaga de preguntas car-
gadas de insinuaciones nada sutiles, incluso grose-
ras. Afortunadamente, hablaba en voz baja y nadie
más podía oírlo. Violet no tenía intención de seguir hablando con él, pero no sabía qué hacer para
que se callara…

Afortunadamente, Gavin apareció en ese momento. Y cuando escuchó una de las preguntas
tomó al hombre del cuello y lo lanzó contra la pared.

–¿Cómo se atreve a hacerle esas preguntas a la
señorita Tandy? ¿Cómo se atreve a hablarle así? –le
espetó, airado–. Pídale disculpas ahora mismo.

Teddy Mullins soltó una carcajada.

–¿Tú sabes con quién vas a cenar? Esa mujer es
una…

Antes de que Teddy Mullins pudiera terminar la
frase Gavin lanzó el puño hacia su cara con todas
sus fuerzas, tirándolo al suelo.

Un murmullo de desaprobación recorrió la
sala. Las mujeres gritaron, asustadas, los hombres
sacudieron la cabeza pero nadie, absolutamente
nadie, acudió en ayuda de Teddy Mullins. La gen-

te con la que Gavin había estado charlando unos minutos antes lo miraba ahora como si fuera un extraño. Pero todos los fotógrafos que estaban esperando se habían puesto en acción y estaban grabando y haciendo fotos de la escena.

Capítulo Doce

Gavin pareció darse cuenta entonces de la reacción de la gente y apartó la mirada del hombre, que sangraba profusamente por la nariz, para mirar a Violet.

A Violet, no a la gente. Era su reacción lo que le importaba, no la de sus «amigos».

Antes de que cualquiera de los dos pudiese decir una palabra, Teddy Mullins se levantó del suelo para lanzarse contra él. Y lo que siguió podría haber sido una pelca de bar, con el lenguaje correspondiente, además. En cuanto Teddy se lanzó sobre él, Gavin se convirtió en el chico de barrio bajo que había sido una vez, peleando tan sucio como el otro hombre y diciendo palabrotas que harían sonrojar a un estibador, su refinado acento convirtiéndose en el acento de Brooklyn.

Violet miraba la escena boquiabierta, sin saber qué hacer. Todo había ocurrido tan rápidamente… y la respuesta de Gavin había sido tan sorprendente que no sabía cómo reaccionar. Un minuto antes era un elegante invitado de esmoquin y, de repente, estaba luchando por su vida.

Pero entonces se dio cuenta de que eso no era verdad. No estaba luchando por su vida. Si quisiera eso, se habría limitado a llamar al maître para que echase al periodista de allí. Habría hecho cualquier cosa para evitar una pelea delante de sus amistades.

Lo que estaba haciendo era luchar por ella, por su honor. Y le daba igual ser amable, elegante y civilizado, le daba igual lo que pensaran sus amigos o que la escena estuviera siendo grabada por las cámaras de televisión.

Mullins estaba en el suelo y Gavin iba a golpearlo de nuevo cuando Violet por fin encontró presencia de ánimo para gritar:

—¡Gavin, para! No merece la pena.

—¿Cómo que no? Ya has oído lo que te ha llamado.

—No importa —dijo ella—. Es una basura y la basura no cuenta para nada en este mundo.

Él pareció pensarlo un momento y, por fin, bajó el brazo.

Increíble, pensó Violet. Mientras Mullins apenas podía respirar, Gavin no parecía en absoluto alterado. Aparentemente, uno podía sacar al chico de la calle, pero no se podía sacar la calle del chico.

Mullins, mostrando inteligencia por primera vez, se levantó y, después de fulminarlos con la mirada, salió del club sin decir una palabra.

Pero Gavin también estaba sangrando. Tenía un corte en la mejilla y sangre en los nudillos, aunque no sabía si era suya o de Mullins. Una de las mangas del esmoquin estaba rasgada y la corbata y el cuello de la camisa torcidos. Su pelo, normalmente perfecto, estaba despeinado, pero a él no parecía importarle nada de eso.

Para entonces todo el mundo estaba en completo silencio, sus expresiones demostrando la repulsión que les producía una escena tan desagradable en un sitio tan exclusivo. Pero Gavin no parecía notar nada de eso porque sólo la miraba a ella.

–Lo siento –se disculpó.

Esa disculpa la sorprendió. Pensó que se disculparía ante sus amigos.

–¿Por qué, por defender mi honor? No tienes que disculparte por eso.

Gavin sacudió la cabeza.

–No hace falta defender tu honor, eres la persona más honorable que conozco.

Acababa de anunciar que ella era más respetable que el resto de los invitados, pensó Violet. La gente que hasta entonces era lo más importante del mundo para él.

–Lo siento –repitió Gavin–. Siento no haber estado a tu lado cuando ese imbécil te ha dicho esas cosas. Pero te prometo que nadie volverá a molestarte nunca más. Porque cualquiera que lo intente…

El maître, que debía haber salido a fumar cuando comenzó la pelea, entró entonces a toda prisa.

–No te preocupes, Lionel. Yo pagaré los daños.

–Los daños es lo último que me preocupa, señor Mason –replicó el hombre–. Nunca había ocurrido algo así en el club. Esto es intolerable.

Por primera vez, Gavin pareció darse cuenta de la enormidad de lo que había ocurrido. Se había saltado todas las reglas, se había expuesto ante su

143

círculo de amistades, había destruido todo lo que llevaba años intentando construir. En un minuto, había dejado de ser el elegante Gavin Mason para convertirse en un tipo de la calle que se liaba a puñetazos con otro hombre para defender a su chica.

—Podrían expulsarlo del club.

Curiosamente, el tono del maître no parecía una amenaza, al contrario. Era como si lamentase que eso pudiera pasarle.

—Bueno, ya veremos lo que decide el consejo —dijo Gavin—. Y si deciden echarme, que así sea.

Después, tomó a Violet del brazo para salir del club, los dos en silencio mientras la ayudaba a ponerse el abrigo. Siguieron en silencio hasta llegar a la calle y por fin, como por decisión mutua, los dos se detuvieron bajo la luz de una farola. No nevaba tanto como antes, pero seguían cayendo copos finos como encaje, dándole a todo un aspecto irreal. O tal vez era estar con Gavin por lo que todo parecía irreal.

Durante largo rato, él se limitó a estudiar su cara, como si la viera por primera vez. Violet miró el corte en su mejilla, pensando que estaba viéndolo por primera vez también. Luego, sin decir nada, abrió el bolso y sacó un pañuelo para limpiar la sangre. Gavin hizo una mueca cuando tocó la herida, pero no se apartó.

—Deberíamos ir al hospital para que te viesen la herida.

—No es nada —impaciente, Gavin tomó el pañuelo.

—Puede que tengan que darte puntos.

–No, yo… no necesito que me den puntos. No es nada.

–Pero deberían limpiarte la herida…

–No hace falta.

–Mi casa está más cerca que la tuya y tengo antiséptico y tiritas. Al menos podríamos limpiarla. No quiero que me demandes por una herida que podría convertirse en una cicatriz que te marque de por vida.

Gavin hizo una mueca pero no dijo nada, de modo que Violet tomó su mano antes de parar un taxi. Fueron a su casa en silencio, pero no se soltaron. Violet no recordaba la última vez que había ido de la mano de un hombre. Tal vez nunca. Era un gesto afectuoso, algo que dos personas hacían cuando se querían de verdad. Y no sabía si había tenido una relación así alguna vez, una relación que incluyese deseo y afecto.

No quería preguntarse por qué Gavin no la soltaba… probablemente era un gesto caballeroso después de lo que había pasado en el club, algo sobre lo que Violet seguía desconcertada. La única razón por la que soltó su mano unos minutos después, cuando llegaron a su apartamento, era porque tenía que buscar la llave en el bolso.

Aunque en el cuarto de baño apenas había sitio para los dos, le pidió que se sentara en el borde de la bañera mientras limpiaba la herida. Pero cuando iba a ponerle una tirita de color rosa con dibujitos, Gavin, riendo, negó con la cabeza.

–Déjalo, la herida ya está limpia. No hace falta nada más.

–Pero…

–No, Violet. Nada de tiritas con dibujitos.

–Pues muy bien, como quieras. Si prefieres arriesgarte a una infección…

–Ningún hombre se pondría una tirita con dibujos, Violet.

–Seguro que Chuck Norris sí lo haría.

–Seguro que no –dijo él, poniendo las manos en sus caderas.

–¿Qué haces?

–Nada… es que necesito agarrarme a algo un momento. Hasta que me calme.

Violet bajó la mano para acariciar su pelo, pero cuando Gavin levantó la mirada sus ojos parecían más intensos que nunca. Y llenos de preocupación.

–Supongo que es normal después de lo que ha pasado. Esta noche, tu mundo se ha puesto patas arriba.

–No, no es eso. Lo que ha pasado en el club… –Gavin sacudió la cabeza–. La verdad es que no quiero hablar de ello.

No, seguramente ya estaba pensando en el futuro, en cómo limpiar su reputación.

–Eso no tiene importancia –terminó.

¿Que no tenía importancia? ¿Cómo podía decir eso? Había destruido todo aquello que llevaba tantos años intentando levantar.

–Quiero hablar de lo que es verdaderamente importante, por eso te pedí que fueras al club. Quiero hablar de nosotros.

–¿De nosotros? –repitió ella–. Pero no hay un «nosotros».

–Lo sé, de eso quería hablar. Yo esperaba que lo hubiese. Esperaba que quisieras que hubiera un nosotros porque estoy harto de ser sólo yo. En todos los sentidos.

Violet sonrió.

–Esta noche te has portado como alguien diferente. Y me ha gustado mucho conocer a ese nuevo Gavin.

Él se levantó entonces, tomándola por la cintura.

–¿Lo suficiente como para ayudarme a que seamos un «nosotros»?

–Podemos seguir siendo tú y yo y ser un nosotros también.

–Mientras seamos una pareja, me parece bien.

Gavin inclinó la cabeza para besarla despacio, casi como si estuvieran sellando un pacto.

–Tal vez no puedas volver al club –dijo Violet después.

–Seguro que sí.

–¿Por qué? ¿Porque tienes tanto dinero como ellos?

–Cariño, yo tengo más dinero que todos ellos. Pero no, no es eso.

–¿Entonces?

–Lo haré por asociación.

–No te entiendo –dijo Violet.

–Asociándome con la mujer más maravillosa y más buscada de la ciudad. Violet, siento mucho las cosas que dije sobre la gente como nosotros –Gavin suspiró–. Siento mucho haber sido tan tonto, tan radical y tan equivocado. Haber nacido en una familia pobre no es algo de lo que uno deba avergonzarse. Para empezar, te enseña qué es lo importante de verdad.

–¿El dinero y el círculo social?

–No, la gente que te quiere por lo que eres. La gente que a uno le importa de verdad.

–¿Estás diciendo que te importo, Gavin?

–No, Violet, estoy diciendo que te quiero.

El calor que sentía por dentro se convirtió en una conflagración.

–Yo también te quiero.

Gavin la besó entonces, un beso apasionado que los dejó a los dos sin respiración.

–¿Sabes una cosa? A pesar de todo, incluso cuando amenazaba con demandarte no me habría importado ser el capítulo veintiocho de tu libro –le confesó Gavin después.

–¿En serio?

–De hecho, debo confesar que incluso ahora no me importaría nada ser el capítulo veintiocho. Pero no el de Roxanne, sino el de Violet Tandy. O incluso del capítulo uno al veintisiete –siguió él, besando su cuello–. Y el prólogo –la besó en la barbilla–. Y la tabla de contenidos –un beso en la nariz–. Y todos los índices y apéndices.

Otro beso.

–Las notas al pie de página…

Más besos.

–El epílogo.

–Pero si fueras el epílogo –logró decir Violet, sin aliento– eso significaría que estarías conmigo al final de la historia. Que serías mi final feliz y que yo sería el tuyo.

–Bueno, si no hay más remedio… pero eso significa que es hora de empezar el capítulo veintinueve.

–¿No quieres comer algo antes? Aún no hemos cenado.

–Pienso comer mucho –murmuró él, diciéndole en voz baja, y en términos bien claros, lo que estaba en cl menú para esa noche. Y después la tomó en brazos y la llevó al dormitorio para empezar el próximo capítulo.

Por no decir su final feliz.

Epílogo

Violet apretó la almohada, saboreando la suavidad de las sábanas que olían a vainilla y el ronroneo que escuchaba en su oído. Desdémona, su gata siamesa de un solo ojo, que había rescatado de un albergue de animales donde trabajaba como voluntaria tres días a la semana, solía acurrucarse a su lado por las mañanas, mientras Edgar, un gato de tres patas, y el esquizofrénico Pippin roncaban felizmente a los pies de la cama. Norton, el asmático basset hound estaba en el suelo, con una cocker ciega, Betsy, gimiendo para despertarla. Era un coro con el que Violet despertaba cada día y para ella era la sinfonía más hermosa del mundo.

La luz del sol se colaba por las cortinas, pero no quería abrir los ojos todavía. Era domingo, el día de la semana que podía dormir hasta la hora que quisiera. Y con Gavin a su lado, era seguro que no iban a levantarse de inmediato. Incluso dormido, tenía el brazo sobre su cintura y la cabeza pegada a la suya.

Violet no podía creer que hubieran pasado ocho meses desde que entró en la librería amenazando con demandarla. En cierto modo, era como si no hubiera pasado el tiempo, pero en otros sentidos...

Bueno, en otros sentidos era como si hubiera pasado una vida entera desde octubre.

Qué diferencia en esos ocho meses. Ocho meses antes tenía que subir cinco pisos andando para llegar a su apartamento, pero gracias al avance de su nuevo libro y a los derechos de autor de *Tacones de aguja*, además del dinero que le habían pagado por los derechos de su novela para hacer una película, Violet había logrado comprar la casita de sus sueños en Evanston, a las afueras de Chicago.

Una casita con una verja blanca, rosales y lilas en el jardín… una casita con una cocina que olía a pasteles recién hechos y un balancín en el porche donde leía y escribía durante el día y donde se sentaba con Gavin algunas noches, cuando dormía allí.

Llevaba toda su vida imaginando aquella casa. Había diseñado en su mente hasta los ladrillos del camino de entrada y ahora era suya. El único sueño de su vida se había hecho realidad.

Bueno, el único sueño que se atrevía a soñar cuando era pequeña. Había otro que había empezado a forjar ocho meses antes y que le encantaría se hiciera realidad. Pero, al contrario que la casa, ese sueño no dependía sólo de ella… y cuando el sueño incluía a un hombre como Gavin Mason, una sólo podía hacer ciertas cosas.

Como si lo hubiera dicho en voz alta, Gavin se movió entonces, tirando de ella para apretarla contra su pecho. A Violet le encantaban esos momentos porque estaba tan relajado, tan tranquilo. Aunque debía admitir que incluso él se había relajado mucho durante esos meses. Los rumores sobre el altercado con Mullins se habían olvidado por fin, pero la verdad era que a Gavin no le habían preocupado en absoluto.

De hecho, a partir de ese momento tenía menos adversarios en el mundo de los negocios. Y próximamente iban a publicar un artículo en la revista *Fortune* sobre su pasado como estibador en los muelles de Brooklyn. Su estatus social había crecido cuando se conocieron sus orígenes y la gente decía que era admirable que hubiese llegado donde había llegado.

Y lo mismo para ella. Cuando todo el mundo comprendió por fin que no era Raven French o Roxanne, también ella había descubierto que tenía cierto caché en sociedad. La invitaban a multitud de fiestas… de hecho, Gavin y ella se habían convertido en la pareja de moda.

Los dos juntos, pensó. Ése era su sueño.

—Buenos días —dijo él, medio dormido.

—Hace un día precioso, ¿verdad?

Gavin sonrió antes de buscar sus labios.

—Cualquier mañana a tu lado es una mañana preciosa.

Gavin dormía allí los fines de semana… o dormían en su ático si tenía que trabajar hasta tarde. Y seguramente era importante que hicieran todo lo posible para estar juntos, pero Violet no se atrevía a pensar en algo más.

—¿Qué vamos a hacer hoy?

—Nada —respondió ella—. De hecho, quiero pasar toda la semana sin hacer nada. ¿Podrías tomarte una semana libre para estar conmigo?

—No, me temo que no. Mañana llega una colección de Italia y tengo que estar en la oficina. ¿Pero por qué quieres tomarte la semana libre? Tu libro saldrá el próximo martes.

–Por eso precisamente –Violet suspiró–. Quiero esconderme aquí durante toda la semana. Lo hice antes de la publicación de *Tacones de aguja* y mira qué bien se ha vendido, así que he decidido convertirlo en una tradición. Y también tengo que ponerme calcetines rojos el día que salga a la venta y cenar estofado de carne esa noche porque eso es lo que hice cuando salió a la venta *Tacones de aguja*.

–Eres una empresaria horrorosa –dijo Gavin entonces.

–¿Por qué?

–Se supone que deberías dejarte ver en cuanto salga el libro. Firmar ejemplares, hacer publicidad, comprobar que tus libros están en las estanterías correctas…

–¿Y tú cómo sabes todo eso?

–He estado investigando.

–¿Ah, sí? ¿Por qué? ¿Piensas escribir un libro sobre mí?

–No, ¿y tú?

–De eso nada. No tengo intención de compartirte con nadie.

Violet se mordió los labios después de decirlo. Ninguno de los dos había hablado de exclusividad. Sí, amaba a Gavin y la idea de perderlo le daba pánico. Se había convertido en parte de su vida, tanto que no podía imaginarla sin él. Pero Gavin no parecía tener intención de hablar sobre el futuro.

–Además, casi he terminado el nuevo libro y en

153

él no hay sitio para un hombre tan gruñón... aunque guapísimo –intentó bromear.

Gavin la miró en silencio durante unos segundos y Violet contuvo el aliento. «Piensa en lo de gruñón, olvida lo otro».

–¿No quieres compartirme con nadie? ¿Nunca? Maldita fuera.

–No, la verdad es que no.

–Me alegro –dijo él entonces–. Porque tampoco yo quiero compartirte con nadie.

–¿De verdad?

–No creo que sea una sorpresa, ¿no?

Bueno, seguramente no debería serlo, pero aun así se sentía increíblemente afortunada. Cuando te confirmaban tus esperanzas, una sentía como si volase.

–No, pero me resulta raro hablar e eso...

–¿De qué?

–Bueno, del futuro. Un futuro incluye algo más que una casa y la verdad es que yo nunca había pensado en un futuro con... bueno, con otra persona.

Gavin sonrió.

–Pero estamos juntos y ya sabes cuánto le gusta hablar a la gente de Chicago.

–Eso tiene una solución. Podrías vivir fuera de Chicago.

–¿Aquí, en Evanston?

–En esta casa, conmigo –dijo Violet.

No había planeado ser tan directa, pero ya que lo había dicho... le gustaba cómo sonaba. Y esperaba que a Gavin le gustase también. Pero una casita a las afueras de Chicago no era su idea de vivir en la alta sociedad. ¿Qué dirían sus amigos?

Gavin se quedó callado un momento y Violet temió haber dicho demasiado. Pero entonces él apartó un mechón de pelo de su frente en un gesto cariñoso.

—Hay otra manera de evitar los rumores.

—¿Ah, sí?

—Podrías casarte conmigo, por ejemplo.

—¿Quieres que nos casemos? —le preguntó Violet, con el corazón acelerado.

—Bueno, ya que me lo propones…

Y ella pensando no hacer nada aquel día. Estar comprometida lo cambiaba todo.

—No tenemos que hablar de ello ahora mismo si no quieres —siguió Gavin.

—No, *quiero* hablar de ello. Es que… no sé qué decir.

—Podrías empezar por decir que te casarás conmigo.

—Pues claro que sí —Violet le echó los brazos al cuello.

—Muy bien, entonces no tenemos mucho más que hablar, ¿no? Vamos a casarnos y yo voy a vivir aquí, contigo. Y viviremos felices para siempre. Fin.

—¡No puede terminar así! —exclamó ella—. Es demasiado abrupto, los lectores se sentirían engañados.

—¿Qué más necesita un lector aparte de un final feliz?

Violet lo pensó un momento.

—Bueno, ahora que lo dices…

Gavin deslizó una mano por su brazo, su mano, sus dedos, metiéndola bajo la sábana para acariciar sus caderas.

—Supongo que podríamos darle a los lectores una escena de amor.

Violet levantó la mano para apartar el flequillo de su frente.

—Ya te he dicho que no quiero compartirte con nadie. Ni siquiera con los lectores.

—Entonces, tal vez deberíamos darles una de esas escenas a puerta cerrada.

Ella pasó los dedos por su cara, por sus altos pómulos, sus labios, el vello oscuro de su torso que se perdía bajo el ombligo...

—La escena a puerta cerrada me parece bien. Aunque la puerta no esté cerrada del todo.

Gavin bajó la cabeza.

—Hablaba figuradamente.

—Ojalá dejases de hablar.

—Los actos dicen más que las palabras, ¿no?

Violet pensó entonces que le faltaba algo a ese momento.

—Te quiero, Gavin. Con todo mi corazón.

Él sonrió.

—Te quiero, Violet. Con toda mi alma.

Y, en fin, cuando todo estaba dicho, y hecho, aunque aún había mucho por hacer, eso era lo único que necesitaban para un final feliz.

Deseo™

Sitio para dos

OLIVIA GATES

Aris Sarantos era el peor enemigo de
la familia de Selene Louvardis, pero
eso no impedía que ella lo deseara
con toda su alma. O que aprovechase
la oportunidad de pasar una noche
con él.

Aris no supo que el resultado de esa
noche había sido un hijo, pero, cuando Selene apareció de nuevo en su
vida y él descubrió la verdad, ni la familia de Selene, ni el contrato multimillonario que estaba en juego ni
algo tan inconveniente como el amor
pudieron evitar que él reclamara lo
que era suyo..

Amante prohibido... heredero secreto

Acepte 2 de nuestras mejores novelas de amor GRATIS

¡Y reciba un regalo sorpresa!

Oferta especial de tiempo limitado

Rellene el cupón y envíelo a
Harlequin Reader Service®
3010 Walden Ave.
P.O. Box 1867
Buffalo, N.Y. 14240-1867

¡Sí! Por favor, envíenme 2 novelas de amor de Harlequin (1 Bianca® y 1 Deseo®) gratis, más el regalo sorpresa. Luego remítanme 4 novelas nuevas todos los meses, las cuales recibiré mucho antes de que aparezcan en librerías, y factúrenme al bajo precio de $3,24 cada una, más $0,25 por envío e impuesto de ventas, si corresponde*. Este es el precio total, y es un ahorro de casi el 20% sobre el precio de portada. !Una oferta excelente! Entiendo que el hecho de aceptar estos libros y el regalo no me obliga en forma alguna a la compra de libros adicionales. Y también que puedo devolver cualquier envío y cancelar en cualquier momento. Aún si decido no comprar ningún otro libro de Harlequin, los 2 libros gratis y el regalo sorpresa son míos para siempre.

416 LBN DU7N

Nombre y apellido	(Por favor, letra de molde)	
Dirección	Apartamento No.	
Ciudad	Estado	Zona postal

Esta oferta se limita a un pedido por hogar y no está disponible para los subscriptores actuales de Deseo® y Bianca®.
*Los términos y precios quedan sujetos a cambios sin aviso previo. Impuestos de ventas aplican en N.Y.

SPN-03

©2003 Harlequin Enterprises Limited

Era cautiva de su poder de seducción

Isobel James no puede creer que esté en Grecia sola; cualquier cosa con tal de escapar de la fiebre matrimonial que parece haber atacado a sus amigas.

Cuando el magnate Lukas Andreadis encuentra a Isobel perdida en su playa privada, supone que es otra periodista fingiéndose en apuros con objeto de conseguir una exclusiva. Un interrogatorio en su villa revela la verdad… pero Lukas descubre que se siente muy intrigado por la bonita intrusa.

Ahora, Isobel tendrá que luchar contra algo más que la fiebre matrimonial: la poderosa atracción que siente por aquel moderno dios griego.

En poder del griego

Catherine George

Todavía enamorados

ROBYN GRADY

A la última persona en el mundo a la que Samuel Bishop quería abrazar era a su exmujer, Laura. Pero Laura había perdido la memoria tras un accidente y no recordaba su amargo divorcio; en su mente, se acababan de casar y seguían enamorados. Samuel no tuvo fuerzas para rechazarla, pero se preguntaba qué pasaría cuando Laura recuperara la memoria… y qué pasaría si no la recobraba.

¿Para mejor? ¿Para peor? ¿Para siempre?